Mais do que você sabe

MITHIELE RODRIGUES

Mais do que você sabe

PandorgA

Direção Editorial
Silvia Vasconcelos
Produção Editorial
Equipe Editoral Pandorga
Preparação
Larissa Franco
Revisão
Francine Porfírio (CS Edições)
Projeto gráfico e diagramação
Vanúcia Santos
Capa
Marina Avila

Texto de acordo com as normas do Novo Acordo Ortográfico da Língua Portuguesa (Decreto Legislativo nº 54, de 1995)

Dados Internacionais de Catalogação na Publicação (CIP)
Bibliotecária responsável: Aline Graziele Benitez CRB-1/3129

R31m Rodrigues, Mithiele
1.ed. Mais do que você sabe / Mithiele Rodrigues. – 1.ed. – São Paulo: Pandorga, 2018.
208 p.; 16 x 23 cm.

ISBN: 978-85-8442-335-4

1. Literatura brasileira. 2. Romance. I. Título.

CDD 869.93

Índices para catálogo sistemático:
1. Literatura brasileira: romance 813

2018
IMPRESSO NO BRASIL
PRINTED IN BRAZIL
DIREITOS CEDIDOS PARA ESTA EDIÇÃO À
EDITORA PANDORGA
RODOVIA RAPOSO TAVARES, KM 22
GRANJA VIANA – COTIA – SP
Tel. (11) 4612-6404
www.editorapandorga.com.br

Esse livro é
para todos
os homens
que pensam
que mulheres
não chegam a
grandes cargos.

P.S.: **CHEGAM, SIM!**

Não sei por que, mas não consigo lhe dizer
o que eu sinto por você.
Foi uma ação assim, sem querer,
comecei a gostar de você.
Hoje vivo tentando lhe dizer
o que eu sinto por você.
Mas com palavras não consigo...
dizer o que eu sinto.
Por telefone nem lhe digo...
sinto arrepio.
Por isso estou escrevendo esse poema ...
para lhe dizer o que eu sinto.
Só quero que você saiba...
que meu amor por você é indescritível...

Victor Hugo

Capítulo 1

Tudo começou a dar errado, estou com muita raiva da vida.

Primeiro foi o meu noivado. Tudo bem que ele não era tudo isso e nem fiquei tão magoada – *claro* que falo assim porque sou orgulhosa demais para admitir o quanto a situação me destruiu. Agora, alguém está tentando sabotar o site da minha empresa.

Meu celular começa tocar e eu o ignoro.

— Resolvam! É para isso que pago vocês — digo para o pessoal de marketing.

— Mas... — começa um rapaz e já levanto a mão, impedindo que continue.

— Não tem mas. Se esse erro continuar, vamos perder muito dinheiro.

Meu celular volta a tocar e massageio a têmpora antes de atender.

— Saraaaaah.

Escuto a voz da minha mãe e afasto o aparelho do ouvido, porque ela fala muito alto.

— Oi, mãe.

— Estou sentindo sua falta.

— Mãe, você ligou para isso? Estou ocupada, tenho que resolver algo por aqui.

— Eu sei que você é muito ocupada, mas tem que arrumar um tempo para falar com sua mãe.

Antes de chegar à minha sala, observo as pessoas correndo de um lado para o outro.

— Mãe, pode falar a verdade, você brigou com o papai de novo, né?

— Tão esperta...

Reviro os olhos. Às vezes, parece que sou mais velha que minha mãe.

— Pode ir, mãe.

Ela sempre vai para a minha casa quando briga com o meu pai, é um hábito. Eles se desentendem por besteiras e depois pedem perdão, ah, o amor...

— Eba! Obrigada, filha, agora tenho que desligar, tchau.

Assim que encerramos a chamada, um número desconhecido liga para mim.

— Alô?

— Olá, é a Sarah Borges?

— Sim, o que deseja e quem passou meu telefone pessoal?

Escuto uma risada rouca do outro lado. Por incrível que pareça, o som desperta meu interesse.

— Eu meio que sou o seu rival.

— Ah, então é você o engraçadinho que publicou que minha empresa não era nada comparada à sua?

— Sim — diz casualmente, e fico impressionada com a sua cara de pau.

— Você só pode estar de brincadeira.

— Eu queria me desculpar. — A voz dele era puro arrependimento, mas não baixei a guarda.

— Até parece!

— É sério, não foi legal o que fiz... Mesmo que seja verdade.

— Ridículo!

— Ah, não fala isso, linda.

Ao ouvi-lo, começo a ficar irritada. O cara não se toca?

— Tudo bem, você não é um daqueles velhos que sequestram mulheres para outros países, né?

— Não, mas vi suas fotos no site e naquela revista famosa. Você não é de se jogar fora.

— Está falando sério? Liga para mim e ainda vem com essa história?

— Estou brincando, Sarah. Vou lhe passar o endereço do local em que vamos nos encontrar.

Seu jeito ao impor as coisas, tão rapidamente, me faz querer socar a cara dele.

— E como sabe se irei?

— Intuição, talvez?

— Eu não irei!

— Eu sim, e mandarei o endereço de qualquer forma.

Insistente e teimoso. Desligo na cara do homem, que petulância!

Na mesma hora, alguém bate à porta e autorizo a entrar.

— Já conseguimos reparar o erro, senhorita Sarah.

— Obrigada.

Acho que deve lhes parecer muito estranho eu, tão nova, já ser uma CEO conhecida. Não que isso seja raro, existem muitos outros casos hoje em dia. Pessoas jovens estão se tornando importantes cada vez mais.

— E eu tenho um recado: outra revista quer que você fotografe.

— Quando?

— Amanhã.

Massageio a têmpora. Estou tendo muitas dores de cabeça, física e psicologicamente.

— Pode confirmar.

— Sim, senhora.

Eu me inclino na enorme cadeira e olho meu e-mail, o último é de um tal de David. Assim que abro, sei que é do homem que me ligou.

— Senhorita... — Minha secretária aparece com um monte de papel na mão, não a tinha percebido entrar novamente. — Essas são as planilhas do mês, quer conferir?

Faço um sinal para Júlia colocar na minha mesa e, assim que obedece, ela se senta na cadeira mais próxima.

— É bem cansativo trabalhar aqui... — diz ela e, pela primeira vez no dia, eu sorrio.

— Imagina como é estar no meu lugar.

— Pelo menos você ganha muito bem.

Penso em dizer a ela que dinheiro não traz felicidade, mas a pobreza também não, então apenas respondo:

— Verdade.

Capítulo 2

Passar um dia sem me estressar é meu sonho de princesa.

Estou deitada no sofá, olhando os programas apresentados na televisão, mas não há nada interessante.

Ouço a porta da frente abrir e sei que minha mãe chegou. Hoje só queria um pouco de paz, mas prevejo que ela vai me bombardear de perguntas bobas.

Digo a ela que vou tomar um banho rápido, isso sempre me ajuda a esfriar a cabeça.

Saio do banheiro com a toalha enrolada no corpo e vejo minha mãe no sofá, com seu celular na mão, tirando uma selfie.

— Oi, mãe.

— Minha querida Sarah, como você está bonita! Por que seu cabelo está preso?

— Acabei de sair do banho — falo como se fosse óbvio, já que estou de toalha.

— Gosto de ver seus cachos, eles puxaram aos meus — diz orgulhosa, tocando delicadamente os cabelos curtos.

Solto meu cabelo, que cai no ombro, os cachos estão desorganizados por causa do coque.

— Isso mesmo, agora vá se vestir. Vamos assistir a um filme.

Sigo para meu quarto e reviro os olhos, minha mãe nunca me deixa relaxar quando está por aqui. Enquanto me troco, começo a pensar na vida. Tenho tudo o que sempre desejei, mas falta algo...

Vejo uma foto polaroide no chão, não acredito que me esqueci de jogá-la no lixo. Estava de casaco, éramos muito jovens quando nos apaixonamos, mas as coisas mudam.

Eu achava que tudo estava bem entre mim e Pietro, mas ele veio para cima de mim pedindo um tempo, — e comigo não tem essa coisa de tempo, ou está junto, ou separado. Às vezes me pergunto o que eu devo ter feito, mas, no fundo, sei a verdade: quase não tenho tempo para mim mesma, quanto mais para outra pessoa....

Queria saber se havia outro motivo.

— Sarah! — Ouço minha mãe gritando e vou até a sala.

— Cheguei! Satisfeita?

Ela abre um sorriso enorme e me pergunto como consegue ficar feliz todo o tempo, nunca vi essa mulher chorar.

— Minha menina, você está tão bonita naquela revista de negócios.

— Obrigada, mãe. — Dou um beijo em sua testa. Ela ama quando faço isso e acho um gesto muito gentil.

— Você está com olheiras demais!

— Não tenho dormido muito esses dias.

— O que está havendo?

Balanço a cabeça negativamente, não quero deixar minha mãe preocupada.

— Pode falar, querida.

— É que... às vezes, acho que deveria desistir de tudo.

Minha mãe me abraça e me sinto estranhamente reconfortada. Uma enorme vontade de chorar me embala.

— Por quê?

— É muito difícil, essa profissão que escolhi exige muito de uma pessoa que só tem 27 anos.

Eu sabia que seria desafiante atuar como CEO, mas achei que daria conta. Por um lado eu dou, de certa forma, mas minha vida pessoal está desabando.

— Você é muito nova para ficar se estressando tanto assim.

— Mas amo o que faço, entende?

— Ô querida, pode falar mais, isso ajuda a lidar com o estresse.

Começo a chorar, e é realmente como se um peso fosse tirado dos meus ombros. Ela me puxa para seu abraço e sinto o seu coração batendo em meus ouvidos.

— Isso mesmo, chore! — diz minha mãe, e eu começo a chorar ainda mais.

— Obrigada.

Minha mãe faz cafuné em mim e, rapidamente, caio no sono em seus braços, assim como fazia quando criança.

Capítulo 3

Hoje é dia de fotografar. Sempre fico nervosa... Todas aquelas pessoas olhando para mim enquanto faço poses sensuais. Quer dizer, apenas algumas vezes são sensuais, na maior parte eu fico séria. Mesmo assim, é bem incômodo.

Quando chego à empresa, minha secretária vem até mim com seu caderno de anotações. Dou um suspiro e me preparo para mais um longo dia.

— Sarah, não esqueceu a sessão de hoje, esqueceu?

— Não, nem se preocupe — digo enquanto sigo para a minha sala.

— Ah, mais uma coisa, alguém chamado David ligou e perguntou se você recebeu o e-mail.

Dou outro suspiro.

— Ele falou mais alguma coisa?

— Disse que ligaria novamente para você.

— Ai, tudo bem. Pode me deixar um pouco sozinha? — pergunto quando entramos na minha sala.

— Claro. – Ela sai com os saltos finos fazendo barulho a cada passo que dá.

Como se adivinhasse que já estou estressada pela manhã, meu celular toca.

— Alô?

— Você não respondeu ao meu e-mail.

— Olha, não sei como é na sua empresa, mas as coisas por aqui são bem corridas.

— E então? Vai ou não?

— Para onde? Você ainda não desistiu dessa ideia?

Ele bufa do outro lado da linha e isso me deixa um pouco feliz, fui capaz de irritá-lo.

— Você nem abriu o que mandei?

— Claro que não!

— Então abra, moça bonita.

Sorrio com o comentário, mesmo sabendo que ele não pode ver, e abro o misterioso e-mail.

— Você quer me encontrar na Praça do Sol?

Essa é a praça mais famosa da nossa cidade por ser onde há o pôr do sol mais bonito.

— Sim, quero pedir desculpas pessoalmente.

— Tudo bem, vou fazer algo daqui a pouco, então acho que dará tempo.

— Fico feliz, então.

— Que seja! Tchau.

Ele não responde e, por alguma razão, fico desapontada. Desligo e meu coração acelera, não por causa de David, mas porque a ansiedade de tudo está me deixando louca.

Ansiedade é algo que tenho desde muito nova. Já fui a um psiquiatra que me prescreveu um medicamento que tomo quando estou muito agitada, o único problema é que me deixa sonolenta. Gostaria de evitar, mas hoje estou realmente precisando tomá-lo.

— Senhorita, está quase na hora de irmos para o local. – A secretária abre a porta repentinamente e quase me engasgo com o remédio e a água.

— Tudo bem.

Tento me recompor e, quando menos espero, estou pensando no encontro com o tal David. Será que ele é velho? Será que é bonito? Não que eu esteja interessada...

Olho-me no espelho, meus cabelos estão muito bonitos hoje, meus cachos 3A, mais abertos e cheios, parecem comportados. Eu me preparo psicologicamente para essa sessão fotográfica.

A manhã é turbulenta, mas dou conta do que devia. Quando a sessão fotográfica acaba, depois do que pareceu uma eternidade, recebo uma mensagem de David.

Você não vai me dar um bolo, vai?

Não, já estou indo.

Não sei por que concordei com isso. Sinto-me até meio obrigada a comparecer.

Quando estaciono meu carro na frente do parque, fico nervosa. De repente, me vejo em minha adolescência novamente. O único problema é que nunca tive muitas paqueras, então não sei como realmente agir. Procuro alguém de terno, considerando ser como um CEO geralmente se veste, mas não há ninguém com esse estilo. Envio uma mensagem a ele, perguntando como encontrá-lo, e me sinto desconfortável. Ele sabe quem sou, mas não faço ideia de sua identidade.

— Buh! — A voz atrás de mim faz meu coração quase sair pela boca.

— Você quer me matar do cora... — A palavra fica suspensa no ar quando olho para ele.

O homem é mais bonito do que pensei, alto, e tão jovem. O cabelo em um tom de loiro-escuro que acho sexy, camisa social e barba por fazer.

— Oi! Sou o David. – Sua voz grave só piora a situação.

Sinto-me nocauteada, ele é muito mais atraente do que esperava.

— Você quer me matar do coração? — Completo a frase, ainda respirando fundo.

— Me desculpe — diz sorrindo, um daqueles sorrisos tortos que fazem o pulso acelerar sem querer.

Droga! Essa bela expressão me faz desviar o olhar.

— Tudo bem, vamos nos sentar. Não quero ficar em pé depois do dia exaustivo que tive.

Andamos um pouco até nos acomodarmos embaixo de uma árvore enorme.

— Você é mais bonita pessoalmente — elogia ele, deixando-me encabulada.

— Na verdade, toda essa maquiagem é porque vou sair na capa de uma revista.

— Outra?

— Sim, por acaso você anda me *stalkeando*? — pergunto ao me lembrar da nossa conversa ao celular.

— O quê? Claro que não!

Olho para ele como se dissesse: *anda, admita logo!*

— Tudo bem, eu estava no Instagram e pensei que poderia ver melhor a garota por trás daquela empresa.

— E gostou do que viu? — pergunto como quem não quer nada.

— Hum, vou dizer o que vejo. — Ele me fita com intensidade, seu olhar me deixa completamente louca. Esse rapaz é meu rival, eu tenho que odiá-lo, certo? Não posso esquecer que xingou a minha empresa! — Você é solitária, mesmo com toda essa fama.

O interessante é que David acerta o X da questão. É vergonhoso afirmar isso, portanto só o faço em minha mente.

— Não sou nada — resmungo, e percebo que estamos muito próximos. Fingindo naturalidade, eu me afasto um pouco.

— Pode ser sincera.

— Não sou solitária.

— Verdade, até porque você está comigo.

Dou uma gargalhada que há muito tempo não dava. De repente, até parece que estou bêbada, mas de sono.

— Você é muito convencido.

O vento está começando a bagunçar meu cabelo, então faço um coque.

— Você ainda não viu nada.

O jeito como ele sorri o faz até parecer uma criança satisfeita ao ganhar um presente de Natal, e isso me cativa de alguma forma.

— Até gostei de você, David, e aceito suas desculpas.

— Obrigado, posso falar o mesmo e agradeço por me desculpar. Muitas vezes falamos as coisas sem pensar, se é que me entende.

— Claro. — Bocejo.

— Você está com sono?

— Agora eu é que peço desculpas, realmente estou. Tomei um calmante e...

— Quer que eu a leve para casa? — Ele me interrompe.

— O quê? Como se eu fosse falar onde moro a você.

— Não faria nada com essa informação — diz com um tom malicioso.

Desvio o meu olhar para a boca carnuda dele... Por que David tinha que ser tão jovem? Se fosse um velho tentando me sequestrar, talvez fosse mais fácil o ignorar.

— Obrigada pela gentileza, mas eu me viro, já que acabamos por aqui.

— Já?

— Sim, você me pediu desculpa, eu aceitei, fim da história.

Eu topei vir para esse encontro de última hora, porque estava curiosa sobre esse homem. Agora, no entanto, estou com um pouco de medo das sensações estranhas do meu corpo perto dele.

Qual é, carência? Pega leve!

Capítulo 4

A revista para a qual fotografei sai daqui a um mês, estou ansiosa. Como imaginei, meu pai e minha mãe já fizeram as pazes. Ele veio à minha casa com flores e achei tão romântico, o tipo de coisa que nunca aconteceu comigo. Sabe como é, né? Meu cupido tem problemas com o arco e flecha.

— Senhorita, tem alguém querendo falar com você — anuncia minha secretária.

Dou-lhe um sorriso amarelo, um pouco indisposta. Agora que já tomei um analgésico para minha dor de cabeça, espero que seja alguém muito importante.

— Manda entrar!

Ela sai e, depois de alguns instantes, quando estou concentrada nos papéis em minha mesa, ouço alguém entrando e fechando a porta.

— Estava ansioso para reencontrá-la.

Levanto a cabeça quando me lembro da voz rouca falar comigo.

— Como ousa vir até aqui me importunar?

Ele sorri, o que me faz sentir um pouco irritada por não me dizer de uma vez por que veio.

— Eu tenho certeza de que não sou um incômodo.

— Vai dizer ou não por que está aqui?

— Parece que tem alguém de mau humor hoje.

Ele se senta na cadeira à minha frente e cruza os braços. Eu o observo, seus olhos azuis parecem divertidos.

— Estou mesmo, e você ainda não me respondeu por que veio!

Ele se inclina em direção à minha mesa e apoia o braço nela.

— Vim chamar você para sair.

— Ah, era só o que me faltava. — Dou uma risada seca.

— É sério!

— Você é tão galinha! Mal me conhece e já está querendo sair comigo? Que piada!

— Por isso a estou chamando para sair, só quero conhecer você melhor. Podemos ser amigos, já que trabalhamos no mesmo ramo.

— Não quero amizades, sou muito bem resolvida estando sozinha.

— Faz quanto tempo que não se diverte de verdade?

— Você anda observando minha vida pessoal? — pergunto ante a exatidão de suas palavras sobre mim.

— Foi apenas um palpite, mas, considerando sua resposta, é verdade.

— Talvez...

— *Touché.*

Reviro os olhos. Pelo visto ele é do tipo insistente, e não vai me deixar em paz enquanto eu não aceitar.

— Tudo bem, para onde o senhor diversão quer me levar?

— Todas as quartas, vou com minha irmã a uma cafeteria. Queria levar você junto.

— Sério? — digo, fingindo emoção.

— Sim, e aí?

Ele se anima e, vingada, adoro ver a decepção estampada em seu rosto quando falo:

— Não.

— Por que não?

— Não quero estragar seja lá o que você e sua irmã fazem. — Faço um gesto com a mão.

— Você não vai...

— Já falou com ela?

— Sim, ela está a favor.

Dou um suspiro e fecho os olhos, tentando manter meu autocontrole. Mesmo sendo uma loucura total, me vejo assentindo.

— Isso é um sim?

— Querido, estou fazendo esse movimento com a cabeça é um gesto universalmente conhecido como um sim.

Por incrível que pareça, ele sorri novamente, não está nem um pouco afetado. Acha que vai me conquistar com esse rosto bonito, mas não vai.

Ou, talvez, eu possa entrar em seu joguinho vez ou outra, e depois lhe dar um fora tão grande que David nunca mais vai querer olhar na minha cara.

— Você é uma mulher muito difícil, Sarah.

Eu me empertigo com o comentário e logo ele se levanta.

Qual a graça de ser fácil demais?, penso.

— Vejo você mais tarde? — pergunta pegando o celular no bolso.

— Pode ser às treze horas? É quando saio daqui.

— Pode ser, vê se não se atrasa.

— Não sei com que tipo de mulher você sai, mas sou muito pontual.

— Gosto disso.

— Melhor não gostar, você não vai querer chegar mais perto.

— Quem sabe?

— Eu sei.

Depois disso, David vai embora e me deixa atordoada. Com os pensamentos a mil, estou sentindo algo paradoxo: odeio esse sujeito, mas ao mesmo tempo o acho um cara legal.

Seria estranho confessar que olhei para a sua bunda redonda e um tanto grande demais?

David queria me buscar, mas fui bem enfática ao dizer que iria sozinha.

Quando chego à cafeteria, me encanto pela decoração, mas é claro que não vou dizer nada a esse homem metido. Assim que o vejo, vi uma garota loira ao seu lado que, diferente dele, tem o cabelo bem claro e olhos escuros.

— Boa tarde! — cumprimento com o máximo de educação ao chegar à mesa em que eles estão sentados.

Dou uma rápida olhada em David e quase suspiro, porque está muito bonito para meu gosto.

— Boa tarde — os dois falam juntos e, depois, como crianças, lutam para tocar em alguma parte verde mais rápido.

— Por favor, sente-se — diz David depois de vencer a "batalha".

Penso em como deve ser bom ter irmãos, mas minha mãe sempre achou que isso a tornaria gorda e feia — como se gordura deixasse alguém feio.

Sento-me ao lado da garota, porque acho mais sensato. Não quero que ele pense que estou tentando me aproximar.

— Vocês estão ficando ou algo do tipo? — pergunta ela, e eu só não fico ainda mais constrangida porque minha pele morena disfarça o rubor.

— Não — respondo e, para meu alívio, percebo que ele está olhando o cardápio como se nada tivesse acontecido. — Nos conhecemos ontem!

— Ah, meu nome é Megan, prazer em conhecê-la.

Dou um sorriso para ela e pego o outro cardápio, ainda tentando aquietar meu coração depois daquela pergunta.

— Prazer em conhecer você também.

— Vi suas fotos na revista "Negócios & Cia." você estava incrível — diz animada. — Nem acredito que estou aqui com você, mas estou tentando me conter, até porque já sou bem velhinha para ficar eufórica por causa de alguém.

Ela fala tudo de uma vez e depois dá uma longa inspirada e, de repente, consigo unir as peças do quebra-cabeça: David não queria me conhecer, queria que a irmã me conhecesse. Não sei se acho isso nobre ou se fico magoada por ele tentar me enganar desse jeito.

— Tudo bem, sou um ser humano, fico feliz de ter me achado bonita.

Ela franze a testa e penso se há algo errado com meu cabelo ou com a maquiagem, mas sua resposta me surpreende:

— Não disse que você é bonita, e sim que as fotos ficaram incríveis.

— Ah... — Fico tão envergonhada que considero sair e dar alguma desculpa esfarrapada, como *vou ter que ir ao dentista, meu dente começou a doer agora* ou *meu Deus, o que é aquilo ali no céu?* Talvez devesse apenas pegar minha bolsa e sair correndo... Se bem que se eu escolhesse a segunda opção, provavelmente levaria um tombo, deixando tudo ainda pior.

— Mas você é bonita! — completa depois de alguns minutos, enquanto estou fingindo conferir o que quero pedir, embora me sinta afetada demais para fazer isso.

— Obrigada.

— Então, já tiveram tempo de escolher, o que vai ser? — indaga David, alheio à nossa conversa.

— Eu quero um expresso — decido.

— Eu também — diz Megan ao meu lado.

Quando David chama o garçom e faz o pedido, fico observando o jeito como olha torto para ele.

— Vamos falar de carreira – sugere David.

— Ah, não, Day...

Quase sorrio com o apelido que a irmã lhe deu, mas mordo meu lábio e consigo me conter.

— Verdade, não estou nem um pouco a fim de falar sobre isso fora da empresa. Você é meu rival, sabe? É como se eu estivesse traindo a todos que me apoiam...

O homem olha para mim como se eu fosse a garota mais estranha da Terra e tivesse um peixe na cabeça. Talvez eu seja mesmo uma pessoa estranha...

— Achei que gostasse de ser CEO.

— Eu gosto, só não quero falar sobre isso. Você disse que iríamos nos divertir, ainda estou esperando a parte da diversão.

— Ele não sabe se divertir — intervém Megan e sorri para mim.

— Ei! Não fala o que não sabe. É só ver as fofocas por aí para saber que fico com muitas mulheres...

— Não tenho tempo para ver fofoca! – retruco.

— Ah, esqueci que você é solitária.

Faço uma careta para ele, que sorri cinicamente para mim.

— Não sou solitária.

— Já falamos sobre isso.

O garçom vem até nós com uma bandeja e fico feliz por não ter que falar mais nada.

— Se possível, me traga uma fatia de torta de frango — peço e o rapaz assente, saindo com a bandeja vazia nas mãos.

— Eu queria saber uma coisa — expressa quando estamos num silêncio constrangedor. — Quem acabou o noivado?

O ruim de sair muito na mídia é que todos sabem da sua vida. Meu ex-noivo não deu nenhuma entrevista sobre nosso término e sou eternamente grata a ele por isso, mas sempre estão querendo saber coisas que não contamos a ninguém.

— Ele — respondo e olho para minhas mãos, completamente embaraçada.

— Sério? Poderia jurar que tivesse sido você.

— Não.

— E, agora, você está solteira novamente ou já tem algum pretendente rico por aí? — David pergunta com sua petulância habitual.

— Não tem ninguém.

O garçom traz minha torta e tenho uma desculpa para ficar calada por muito tempo.

— Vamos ligar o *jukebox*?

Olho para Megan e dou de ombros. Ela vai até a máquina e a vejo lutando para colocar a moeda.

— Ela não parece ter 25 anos, né? — diz ele bebendo mais um gole de café. Por instinto, observo sua boca; é grande e o jeito como se move me causa bons arrepios.

— Verdade, mas é bom ser assim. — Mastigo mais um pedaço de torta para não ter que falar mais nada.

— Ela nunca tem sorte com relacionamentos.

— Que triste...

— Você nem pode falar nada, está na mesma situação e foi chutada pelo noivo, isso é bem triste. — Ele dá uma risada, como se tudo fosse brincadeira, e tento não ficar magoada, mas essas palavras me atingem com muita força.

A música ecoa no pequeno ambiente. "Faz parte", de Anitta e Projota, começa a deixar o lugar mais tranquilo, mesmo com a batida de rap.

— Me desculpe, não pensei que você fosse ficar chateada... — retifica.

— Sem problemas, só estou escutando a música.

"Você é tão insuportável, insuportavelmente imprevisível, incrivelmente incrível". Já tinha escutado antes, mas nunca prestei real atenção à música, até que é boa...

— Não quero uma moça bonita com raiva de mim.

É a segunda vez que David me chama assim e meu coração acelera. Nesses últimos dias, tenho me sentido uma adolescente novamente.

— Não estou com raiva agora, porque já estava antes.

Ele fez uma careta, ofendido.

— Eu já pedi desculpas e você aceitou.

— Ok! Só queria ouvir a música sem você falando por trás.

— Não estou impedindo.

Aponto para a irmã dele, que está ofegante após a música acabar.

— Na verdade, não consegui ouvir a última parte por sua causa!

— Me desculpe então, moça bonita.

Reviro os olhos, esse homem tem 10 anos de idade? Talvez mentalmente.

— Voltei.

Megan está com a testa suada e me pergunto como não tem vergonha de dançar aqui, na frente de todo mundo.

— Estava tudo muito bom antes de você chegar...

— Seu idiota, sei que você me ama.

Penso em como deve ser agradável ter um irmão, alguém que se importe com você, com quem brigue e faça as pazes sem perceber.

— Bem, meu tempo está acabando. — Ele diz e olha para mim como se estivesse se desculpando.

— O meu também, o tempo passa muito rápido, né? — Eu me levanto e David me observa quase sorrindo.

— Não vou pagar para você!

— O quê? Você quem me chamou, então vai, sim!

— Não vou, não!

Eu o encaro, completamente boquiaberta com sua cara de pau.

— Você não existe...

— Estou brincando, claro que irei pagar.

— Agora eu faço questão.

Orgulhosa como sou, jogo uma nota de cinquenta reais na mesa e saio andando, deixando-os surpresos.

Capítulo 5

Dois dias se passam lentamente depois do meu encontro estranho e conturbado com David. Meu rosto ainda pega fogo toda vez de que lembro dos olhares que recebi.

Ele não me ligou e eu, sinceramente, fiquei um pouco frustrada por causa disso. Estou olhando o celular de instante em instante, mas a ligação não vem e, com certeza, não virá.

Quando estou chegando a casa, vejo o carro da minha mãe. Ela realmente parece amar ficar uns dias comigo.

— Oi, mãe — digo quando abro a porta do meu apartamento e a encontro deitada no sofá com o controle da TV na mão. Ama assistir a filmes à noite.

— Oi, filha, estava esperando você chegar.

— Você e o papai brigaram novamente?

— Dessa vez, só queria passar mais uma noite com você. E estou pensando em irmos ao salão de beleza amanhã, o que acha?

— Claro!

De certa forma, quero conversar com minha mãe sobre o homem que está cercando meus pensamentos... Nada como fazer isso em um dia de compras e salão.

— Você parece tão cansada ultimamente...

— E estou, algo está acontecendo no site da empresa, mãe. Não sei o que fazer.

Percebo que ainda estou em pé quando ela se senta e me pede para me sentar ao seu lado. Sua beleza jovial me encanta todos os dias.

— Tudo vai se resolver, filha.

— E como você sabe?

— Tenho muita fé, sei que tudo acontece por uma razão.

Reviro os olhos. Minha mãe me levava sempre à igreja, algo que parei de fazer assim que me tornei adulta.

— Espero que você esteja certa...

— E estou.

— Às vezes sinto falta dele, sabe? Eu estava acostumada com a presença dele em minha vida, sinto como se fosse minha culpa ele ter me largado...

Ela sabe que falo sobre Pietro, porque responde:

— Ei, não se sinta culpada. Mas vou lhe dizer algo, minha querida: você trabalha demais. Dê um tempo a si mesma, quem sabe umas férias?

Penso a respeito e não parece uma ideia absurda. Talvez eu devesse ouvir mais minha mãe.

— Obrigada por ser essa mãe incrível.

Dou um abraço apertado nela. Queria que todas as mães fossem eternas.

— Não gosto de ver você desse jeito, meio triste, fico triste também. Você ganha rios de dinheiro minha filha, aproveite.

— Você está me dando conselhos demais.

Minha mãe me deita em seu ombro e, em seguida, me dá um beijo na testa. Posso ter certeza que a minha mãe é a melhor do mundo.

Quando chego à empresa, pensando em ter pelo menos uma notícia boa, minha secretária vem até minha sala com um novo problema.

— Chefe, você sabe que sou totalmente leal a você, certo?

Achei esse início de conversa muito estranho, mas, mesmo assim, assenti. Ela sentou-se à minha frente e começou a falar com as mãos trêmulas:

— Estou pensando que há alguém tentando nos sabotar.

— Júlia, se você desconfia de alguém, pode me dizer...

— Na verdade, não, só estou pensando nisso.

— Se você souber de qualquer coisa, ou descobrir algo, me conte.

— Claro.

A mulher me encara por alguns minutos, depois levanta-se e sai. Parece que levou uma bronca. De repente, paro para pensar um pouco mais: será que David está por trás disso? Não quero julgar, mas é muito estranho o meu rival aparecer justo agora. Vou ficar amiguinha da irmã dele e tentar me aproximar um pouco mais... Se for o que estou pensando, ele vai me pagar caro!

Escuto a música "Style", de Taylor Swift, tocando no celular e sei que é minha mãe.

— Oi.

— Isso é jeito de responder à sua mãe? Parece que está entediada!

— Mãe, para de gritar no celular!

— Não estou gritando.

— Está, sim. — Reviro os olhos.

— Já estou aqui, não me deixe esperando.

Bufo, mas, ao mesmo tempo, quero dar um tempo de tudo isso que está acontecendo na empresa e em minha vida.

Assim que chego à recepção, vejo minha mãe balançando a perna, querendo sair logo. Ela levanta rapidamente quando me vê.

— Não aguentava mais esperar.

— Mãe, só demorei dois minutos.

— Tempo demais para quem não tem tempo.

— Você é muito pirada.

— Olha o respeito com a sua velha!

— Desculpe, vamos de uma vez.

Ela passa a mão por meu cotovelo e deixamos o prédio. Confesso que estou entusiasmada com a ideia de passar algumas horas fora da empresa, já que tenho feito muita hora extra desde o fim do meu noivado.

Logo que entramos no meu carro, ficamos um pouco frustradas com o tempo perdido no trânsito. Felizmente, não nos atrasamos.

— Mãe, eu queria falar com você... — Começo quando estamos com máscara de hidratação no cabelo.

— Pode falar.

— Eu conheci alguém, mas não sei se ele é quem diz ser.

— Como assim?

— Tem alguém tentando sabotar o site da empresa e isso está causando um prejuízo enorme, até porque muita gente só compra on-line. E, estranhamente, esse homem apareceu na minha vida justo agora.

— E por que ele tentaria isso?

— Ele é o CEO da empresa rival à minha e, um dia desses, até a difamou.

— Será? Você já tentou investigar?

— É o que pretendo, para ter certeza que ele fez isso. Vou me aproximar da irmã dele.

— Como vai fazer isso?

Então, passo a contar à minha mãe sobre o dia em que encontrei David e Megan, sua irmã.

— A senhora não vai falar nada? — pergunto quando ela se mantém calada.

— Verdade, pensando bem, é um pouco suspeito. Acho que até a irmã dele é suspeita, então tome cuidado.

— Tomarei cuidado. Sei que é proibido, mas vou comprar uma daquelas canetas com câmera e dar um jeito de colocar na casa dele ou coisa parecida.

— Sempre esperta! — diz minha mãe, orgulhosa, e lhe dou um sorriso bem aberto. É minha cúmplice nisso, e tudo vai dar certo.

Já estou gostando do fato de a minha vida envolver um pouco de adrenalina, serei como uma detetive!

Fico olhando o número que salvei quando David me ligou, por vários minutos.

— Liga logo! — grita minha mãe ao meu lado. Estamos no meu quarto e meu pai vem passar a noite com a gente.

— Calma, mãe, estou nervosa!

— Quer que eu ligue?

— Nossas vozes são muito diferentes. Isso seria ridículo.

Olho novamente para o celular, segurando-o firme em meus dedos. Aperto tanto que os nós dos meus dedos ficam brancos, mas não me importo. A ansiedade é como o álcool em minhas veias, não sinto nada.

Quando a coragem chega e eu ligo, o telefone toca várias vezes até cair na caixa postal.

— Não atendeu, que pena... — digo, soltando o ar que estava prendendo. Era como se fosse morrer se respirasse.

— Liga de novo, boba.

— Não, vou pesquisar por notícias deles antes.

Mamãe inclina-se mais um pouco para olhar a pequena tela em minha mão enquanto pesquiso o nome "David Ventura".

Várias fotos dele começam a aparecer e minha mãe me cutuca.

— Ele é um pão.

— Mãe, essa gíria não está mais na moda.

Ela revira os olhos e sorri para a foto de David, que está na companhia da a irmã em uma festa elegante.

— Olha, parece que os dias dele são bem agitados... — avalia mamãe.

David está com um copo na mão e sorri para alguém ao seu lado. Que droga! A garota é realmente bonita, uma loira oxigenada com cabelos longos e lisos, bem diferente de mim. Talvez eu não seja o tipo dele.

— Talvez não. — Mostro uma foto em que ele está lendo e outra em que foi a um evento bem *geek*.

— O que as duas pombinhas estão fazendo?

Escuto a voz do meu pai e congelo automaticamente. Levanto minha cabeça devagarzinho e ele está bem próximo de mim e minha mãe.

— Nada, só vendo umas fofocas na internet.

— Ah, ainda bem, Luíza! Achei que vocês estavam vendo outra coisa — diz meu pai com uma careta.

— Você acha que faria algo para magoar meu homem lindo? – responde minha mãe.

Reviro os olhos quando eles trocam um beijo.

— E, então, o que vamos fazer? Já estava com saudades dos filmes em família com direito a pipoca.

— Seu pedido é uma ordem, pai! —digo, divertida.

Quando aciono o micro-ondas na cozinha, recebo uma ligação.

Capítulo 6

— Pelo visto, alguém sentiu minha falta...

A voz rouca de David faz uma aparição na minha perfeita vida. Sei que não deveria, mas realmente senti falta dele nos últimos dias e esperei muito por sua ligação. Agora o meu coração está batendo feito louco. Não sei como evitar minha conexão com aqueles olhos azuis.

— Não senti, só queria corrigir o erro do nosso último encontro.

— Aquilo foi um encontro então?

— Foi, mas não um encontro, encontro...

— Ué, como assim? Foi ou não foi?

Como sempre, ele não perde tempo. Ama me irritar e tirar as palavras da minha boca.

— Esqueça!

— Não! Por favor, continue.

— Tudo bem, dessa vez eu escolho o lugar, certo?

— Ok, embora eu escolha os melhores lugares...

— Escolhe nada, e sou eu quem está chamando agora.

— Isso significa que vai pagar de novo?

— Você é um cretino, sabia?

— Não sabia, mas obrigado por abrir meus olhos.

Pela sua voz, sei que está sorrindo.

Franzo a testa, estou fazendo novamente... Estou me comportando como uma adolescente e isso é ridículo, sinto-me uma idiota.

— Envio uma mensagem com o endereço.

— Não vejo a hora!

— Ah, que seja!

Desligo sem esperar uma resposta, tento pensar em meu trabalho. Faço esforço para concentrar toda a minha atenção em um novo projeto, um que as pessoas vão amar e outras não vão se importar.

Caramba, por que fiquei com a voz rouca de David na minha cabeça? E por que me sinto tão confusa? De repente, sinto falta de Pietro, do seu jeito gentil comigo. Será que ele estava fingindo que gostava de mim todo aquele tempo?

Sinto cheiro de algo queimando e me lembro da pipoca que já passou do tempo de tirar do micro-ondas.

— Ah, meu Deus! — resmungo.

Meu pai entra na cozinha exatamente quando retiro o pacote malcheiroso.

— Pelo visto, alguém está com a cabeça nas nuvens...

Fico sem jeito e abro a boca para responder alguma coisa, mas não penso em nada inteligente, então a fecho e assinto.

— Me desculpe, vou fazer de novo. — Jogo a pipoca no lixo e, ao me virar, meu pai ainda está no mesmo lugar.

— Filha, sei que você ainda está abalada com o fim do seu noivado, mas está na hora de seguir em frente.

Ah, não! Novamente a conversa de que tudo vai ficar bem.

— Pai...

— Não, deixe-me terminar... — Ele me interrompe, e fico um pouco irritada porque me sinto como uma criança levando bronca. — Foi ele quem perdeu, você não tem nada a perder.

Meu pai diz isso porque não soube que pensei em me matar depois de ser abandonada. Tive que ir a um psicólogo, tudo para ficar mentalmente bem de novo.

— Pai, não estava pensando em Pietro.

— Estava sim, fale a verdade para seu velho.

— Tudo bem, estava pensando em alguém e, por coincidência, pensei nele.

— Você vai encontrar alguém bem melhor que aquele idiota, e ele vai se arrepender por tê-la abandonado.

— Tudo bem, não quero mais falar sobre isso. Já escolheu o filme?

— Já, agora vá fazer essa pipoca de novo. Estamos esperando. — Ele sai da cozinha e eu suspiro. Meu coração começa a acelerar novamente e penso em tomar o ansiolítico.

— Está bem — sussurro para mim mesma.

Vou fazer a pipoca e, dessa vez, espero não pensar nem em David nem em Pietro... E eu consigo, pelo menos por ora.

Capítulo 7

A depressão chega de repente. Ela não avisa e, quando vem, é como ter uma espada cravada em seu coração, é uma dor que não passa por dias ou meses.

Às vezes algo a faz surgir mais rápido, no meu caso foi o noivado. É impossível não pensar nisso de vez em quando. Acho que estou bem nesse exato momento... Tive uma catarse no psicólogo, talvez tenham sido várias, chorei pra valer e isso me ajudou bastante.

— Em que está pensando? — Minha secretária diz e me tira desse transe filosófico.

— Na vida em geral.

— Você foi chamada para fazer uma entrevista sobre como ser uma CEO bem-sucedida.

— Não me considero tão bem-sucedida, sabe? Essa fama toda é por causa da minha idade e por ser mulher. — Balanço a caneta entre meus dedos.

— Você é uma ótima profissional, chefe!

— Obrigada, mas existem melhores.

Minha secretária não fala mais nada e reforça a pergunta:

— Você vai ou não?

— Não estou com paciência hoje, então recuse!

— Como quiser.

A garota sai andando desajeitadamente de salto e, novamente, o barulho me irrita. Meu celular começa a tocar e eu vejo o nome de David na tela. Antes de atender, limpo a garganta.

— Alô? — falo casualmente.

— Oi, só queria saber se você não desistiu do nosso encontro.

— Não sou mulher que desiste de algo.

— Bom saber! Só liguei para pedir que, por favor, não me leve a nenhum lugar com muito sol.

Acho estranho... Por que ele não pode se expor muito ao sol? Por acaso ele é um vampiro de "The vampire diaries" e está sem o seu anel?

— Ué, por que não? Naquele dia fomos à Praça do Sol.

— Às vezes eu posso, mas não quero abusar da sorte.

— Tudo bem, então — digo, já querendo desligar para pesquisar na internet algo do tipo.

— Ah, mais uma coisa: eu vou buscar você.

— Eu tenho o meu carro, não preciso de ninguém me levando por aí.

— Mas isso é ecologicamente errado, já que vamos para o mesmo lugar.

— Tudo bem. — Acabo cedendo.

— Nos vemos em breve.

— Até lá.

Agora, tenho mais um problema para resolver. Para onde vamos? Será que ele vai gostar?

Meu Deus!

Vou até minha estante e tento achar um de meus livros, aquele que traz uma lista de lugares legais para ir com o namorado. David não é meu namorado, mas isso vai me dar uma boa ideia de onde levá-lo.

Quando puxo o livro, um bilhete cai e me abaixo para pegá-lo.

Espero que você fique bem sem mim, e espero que um dia me perdoe. Quem sabe "um dia," nossos destinos se cruzem novamente? Eu realmente gosto de você, mas precisei de um tempo.
Sei o quanto você ama essa empresa, era como se a amasse mais que o nosso relacionamento, enfim, se cuide e fique bem.
Com amor, Pietro

Meu coração acelera. Ele deixou isso para mim? Agora percebo que é preciso perder algo para se importar, queria ter percebido isso enquanto Pietro ainda era meu. Como eu queria voltar para dezembro, onde tudo isso começou...

É uma pena que somente ele tenha esse poder de voltar no tempo e me Não recebo notícias dele há meses, e também prefiro não saber para não ficar ainda mais arrasada.

Começo a chorar, as lágrimas saem tão facilmente que fico impressionada. Adeus, meu homem gentil, espero poder rir de tudo um dia, porque agora estou rindo de nervosa.

Retoquei minha maquiagem e pinguei colírio em meus olhos para que ninguém percebesse que chorei. Já decidi para onde levarei David, e acho impossível ele não gostar.

Quando ele chega, tão bonito que quase não consigo me concentrar em outra coisa, passo o endereço para onde vamos. Ele inclina um pouco em minha direção e posso sentir o seu perfume másculo, que me provoca arrepios por dentro. Será que isso é possível?

— Acho que conheço esse lugar... — diz, acabando com a diversão.

— Assim não vale!

— Eu também gosto desse lugar.

Eu tinha escolhido um barzinho simples que fui uma única vez. Gostaria de ter voltado lá, o problema é que não tive mais tempo. Nunca tenho.

Achava que o lugar estava vazio quando chegamos, mas depois vi um homem na bancada bebendo o que parecia ser uma caipirinha.

— Por que você me trouxe aqui?

— Ah, você sabe, tenho muitos fãs. Se fosse a um lugar muito movimentado, as pessoas viriam me pedir para tirarmos uma foto.

O que é verdade, mas o motivo real é que eu queria ficar em um lugar silencioso, sem muitas pessoas conversando sobre suas vidas ao meu redor.

— Esqueci isso e, se nos verem juntos, vai ser um caos.

Assinto e vou atrás de um lugar para nos sentarmos, a mesa está cheia de pó e eu espirro.

— Saúde.

— Que bom que ainda existem pessoas educadas.

David dá uma gargalhada e seu riso me contagia. Seus olhos são encantadores e me pego pensando em como seria tê-lo como amigo.

— O que você vai querer? Dessa vez eu pago!

— Vou querer cerveja — digo tentando me animar. Estou num encontro, não posso ficar pensando numa carta antiga.

David vai fazer o pedido e, depois de alguns minutos, volta com dois copos na mão.

— Obrigado.

Olho-o esperando que haja algum traço de humor, mas, pela primeira vez, ele está falando sério. Franzo a testa.

— Por que está me agradecendo?

— Por não me fazer ir a um lugar com muito sol.

— Ah...

Estou me coçando de curiosidade, mas me contenho porque não quero que ele pense que estou me intrometendo em sua vida. Bebo um gole bem grande para evitar fazer algum comentário e o vejo fazer o mesmo.

— Era para ter brindado? — pergunta olhando para o copo no ar.

— Você, quem sabe, quer brindar algo?

— Na verdade, quero brindar por estar com uma mulher tão bonita.

O comentário elevou minha autoestima. Ele já me chamou de moça bonita outras vezes, e agora isso... E o pior é que ele está olhando diretamente em meus olhos, sem nenhum pingo de ironia.

— Obrigada, você também não é de se jogar fora.

Ele coloca a mão no peito e faz uma careta tão cínica que me faz sorrir.

— Ela realmente me elogiou, Deus? — David olha para cima como se estivesse, de fato, falando com Deus.

Tocamos levemente nossos copos e, em seguida, bebemos um pouco de cerveja.

— Sim, mas não fica se achando, não.

— Não estou.

— Hum, a propósito, você é um vampiro?

— O quê?

— Você não pode sair na luz...

— Alguém anda vendo muita ficção, não é? – diz ele.

Espero para ouvir uma explicação, mas ela não vem. Evito insistir no assunto.

— Como vai a empresa? — pergunto para acabar com o silêncio constrangedor que se instalou entre nós.

— Vai bem, estou pensando em projetos ambientais novos.

— Que legal, também estou com ótimos projetos.

Mais silêncio antes de David indagar:

— Você é feliz?

A questão me pega desprevenida e começo a pensar nos últimos meses, no quanto foi difícil para mim e como guardei toda aquela tristeza. Eu até penso em mentir, mas acabo falando a verdade:

— Acho que não.

— Por que não? — Parece surpreso com a minha sinceridade, até se endireita na cadeira para me ouvir com atenção.

— Não sei, mas é como se faltasse algo, sabe?

— Sorte no jogo, azar no amor...

— Exatamente! — falo entusiasmada. Não acredito que alguém sabe como me sinto, e não esperava que fosse tão bom poder contar a alguém.

— Não tenho sorte com as mulheres também. Sempre acho que não estão comigo pelo dinheiro e, depois, quebro a cara.

— É o ruim de ser famoso.

Sabia que estava esquecendo algo. Não comprei a caneta espiã, agora não sei se teremos outros encontros.

— Minha última namorada era muito bonita, mas não valia nada, só queria mostrar às amigas que tinha um namorado rico. Só descobri porque, acidentalmente, vi uma mensagem no celular dela.

— Que triste!

— E você, por que ele acabou o noivado?

— Sou um pouco obsessiva com o trabalho. Ele disse que eu amava isso mais do que o amava.

— E era verdade?

Olho para meu copo e juro que não percebi já estar vazio, então peço ao garçom para trazer outro.

— Infelizmente sim, e agora eu perdi o homem, então, um brinde aos nossos relacionamentos de merda.

Brindamos quando o garçom me traz um copo cheio de cerveja, dou um longo gole.

— Cuidado para não se engasgar... — David me alerta.

— Não vou, mas me conte mais sobre você.

A cerveja está fazendo efeito e estou me sentindo mais leve, como se tivesse virado uma borboleta.

— Não sei se você sabe, mas minha família tem aquela empresa há muito tempo. Sempre tive muito dinheiro, mas eu era excluído dos grupos de amizade e me chamavam de *nerd*... Hoje vejo que valeu a pena.

Ele pede outra cerveja e me pego olhando para a sua boca novamente. Parece muito macia e o formato dela, junto com o álcool, me faz pensar em outras coisas.

— Sempre gostei muito de estudar também, mas, no meu caso, eu era a feia e gorda da sala. Hoje não tenho amigos, porém mudei muito quando acabou o colegial.

— Você podia ser "gorda", o que não tem problema algum, visto que a sociedade cria padrões de beleza ridículos, mas acho difícil ter sido feia algum dia.

— Você está me cantando?

— Entenda como quiser. — Ele dá de ombros.

— Enfim, não vamos falar do passado, não tem nada legal nele.

— Você é uma mulher interessante, Sarah.

— Acho que estou ficando bêbada. — Dou uma gargalhada nada elegante e olho para o copo esvaziado duas vezes.

— Quer que eu leve você para casa?

— Por favor.

Vou tirar a tarde de folga, pois que não posso trabalhar desse jeito. Isso nem vai mudar nada, já que eu cumpri muitas horas extras.

Fazia muito tempo que eu não bebia, acho que meu estômago está reclamando por causa disso. E olhe que eu nem bebi muito...

— Me passa o endereço — pede ele quando abre a porta do passageiro para mim. Em meu estado atual, achei esse gesto muito fofo.

— Você é um cara legal, David — falo enquanto estamos presos no engarrafamento caótico de São Paulo.

— Obrigado — Ele franze a testa e, depois de alguns segundos, começa a sorrir.

— Qual a graça?

— Você fica mais legal quando bêbada.

— Sério? Dizem que, quando você fica bêbado, mostra o seu verdadeiro eu, então devo ser mais legal do que aparento.

— Você tem que ser inteligente até quando bebe? Isso é injusto!

— A vida é injusta, David. — Eu começo a sorrir sem parar numa crise louca de riso.

— Tudo bem, estamos quase chegando.

Olho as ruas pela janela do carro. A minha cidade é muito bonita, com todos esses prédios e carros por todo o lado. Nunca prestei muita atenção, as pessoas parecem zumbis, talvez eu pareça um com o celular sempre ao meu ouvido, falando com pessoas importantes sobre meus projetos perspectivas para o futuro, mas há algo errado nisso tudo.

Não criei a projeção do meu futuro, talvez seja a hora de fazê-lo... Antes que seja tarde demais e eu termine sozinha, cheia de gatos dentro da minha casa.

Ai. Meu. Deus! Se eu não arrumar alguém para dividir a vida, serei a tia dos gatos!

Chegamos ao meu apartamento e David ficou examinando o lugar como se tivesse alguma ideia em mente.

— Esse apartamento é bem grande.

— Sim, gosto dele por causa disso, a estrutura é ótima. — Franzo a testa para mim mesma, nem sei mais o que estou falando.

— Você precisa se deitar.

— Estou bem. — Dou uma gargalhada e tombo para o lado.

— Vou levar você para o quarto.

Percebo que a frase não teve um pingo de maldade, ou talvez sim, mas sinto arrepios e sei que não é de frio. Está fazendo muito calor.

— Vou sozinha, obrigada por tudo.

O efeito do álcool está passando. Já começo a pensar um pouco melhor, pelo menos acho que sim.

— Isso não é jeito de acabar um encontro, você deve perguntar se quero algo. É assim que você trata seus visitantes?

Desvio o olhar e constato que faz tanto tempo que não recebo nenhum visitante. Não sei como reagir diante de um.

— Me desculpe, vamos até a cozinha. Você quer algo?

Ele dá um meio sorriso e, ao chegar perto de mim, segura meu braço.

— Quero a sua companhia, mas também quero saber se você está melhor quando eu voltar para a minha casa. Não quero pensar que está morrendo aqui enquanto eu estiver trabalhando.

— Essa é a única razão?

Quando a pergunta sai sem que eu sequer tenha pensado direito, abaixo a cabeça.

— É, sim.

A resposta dele foi ainda pior do que pensei, mas bem que mereci.

Tento conduzir o homem até a cozinha, mas meus passos não estão tão firmes quanto pensei, então ele é quem me conduz. Que vergonha!

— Caramba, sua casa é ainda mais bonita do que pensei!

— É o império de uma pessoa só. — Dou uma risada irônica e, mais uma vez, as palavras parecem correr da minha boca.

— Você é mais solitária do que pensei.

— Eu não... disse isso!

Ele sorri e se aproxima. Penso que vai me beijar e fecho os olhos, mas, depois de um minuto esperando, abro os olhos e encontro David com a testa franzida e com aquele ar petulante. Sinto o cheiro inebriante de seu perfume e algumas partes se aquecem dentro de mim.

— Por que você fechou os olhos?

— Estava esperando você me beijar, sabe, isso é um encontro...

Meu Deus, não acredito que acabei de falar isso! As palavras estão saindo desenfreadas da minha boca. Ele sorri e se inclina em minha direção novamente, dessa vez fico com os olhos bem abertos.

— Não quero beijar você se estiver bêbada. Quero que esteja sóbria e realmente deseje me beijar.

Todos os cabelos existentes em meu corpo estão eriçados nesse exato momento, depois de ouvir isso em sua voz rouca e baixa.

Uau, ele falou isso mesmo ou estou alucinando? Ele quer me beijar ou estou ficando maluca depois de tanto tempo sem fazer isso? Mordo o meu lábio inferior e sinto um calor subir entre nós. Ai meu Deus!

Acho que nem sei mais como usar minha língua. Será que aquelas dicas do gelo funcionam?

Minha cabeça não para de girar, sinto que vou cair. Mãos fortes seguram minha cintura e eu fico feliz por estar bêbada. Droga, estou muito carente!

— Você vai ficar bem mesmo?

— Vou, sim.

Fico com vontade de falar que estou mal só para David ficar um pouco mais, mas isso seria ridículo.

Capítulo 8

Depois do fiasco que foi o meu encontro com David, percebo que nós realmente somos um desastre e que não devemos tentar nada.

Ele foi embora depois de me dar um copo d'água e me forçar a me deitar no sofá. Foi incrível comigo e garantiu que depois de duas horas me ligaria, mas até agora estou esperando.

Ligo a TV para ver as notícias e nada interessante aparece, então faço uma coisa que não faço há muito tempo: olho as redes sociais de Pietro. Sei que ele, assim como eu, é reservado demais para ficar postando coisas em suas redes sociais todo o tempo, mas custava me manter atualizada?

Quero muito saber se ele já está bem sem mim. Pietro era um bom amigo, desde o tempo do colegial... Eu perdi meu noivo e também perdi um amigo, a vida às vezes pega pesado comigo.

Minha campainha toca e abro a porta ansiosa. Sim, meu coração acelera com a maior parte das coisas que acontecem no meu dia, é completamente exaustivo.

— A pizza é aqui, certo? — diz um rapaz baixinho.

Assinto e pago a ele. Quando o percebo olhar a nota, digo:

— Pode ficar com o troco.

— Obrigado, moça!

O rapaz sai tão feliz que também me deixa igualmente feliz fazer aquilo.

É isso, fazer alguém feliz. O meu projeto tem que ser ligado a isso!

Meu celular toca e corro para a cozinha para colocar a pizza lá antes de atendê-lo.

— Alô? — Minha voz soa um pouco assustada, porque fiquei com medo que a ligação caísse.

— Você está bem? — David parece preocupado e me pergunto se realmente está ou se age assim só por educação.

— Claro, comprei pizza e agora vou assistir a uma comédia romântica, igual à minha vida.

— Você está fazendo muitas piadas hoje.

— Sim, mas, enfim, estou bem. Não precisa ficar preocupado.

— Não estou, só não queria ficar pensando em como você está.

Esse homem...

— Estou bem, obrigada.

— Tá.

— Tá.

Nenhum de nós desliga e penso que David me esqueceu na linha, mas, quando escuto sua respiração do outro lado, sei que ele também não quer desligar.

Tomo a iniciativa e aperto o botão vermelho na tela. Com Pietro sempre foi tudo fácil, sabia o que ele estava pensando como se fôssemos irmãos, mas com David é complicado, pois muda de humor o tempo todo. É um pouco difícil acompanhar.

Capítulo 9

No outro dia, quando já estou melhor, volto a me concentrar no que realmente vale a pena: a empresa.

Reviro meu armário procurando algo novo, que me deixe mais jovem, mas só acho alguns terninhos e camisas sociais. Ainda sou muito nova para usar apenas esse tipo de roupa, vou ter que dar uma passadinha no shopping depois.

Quando já estou pronta, com blusa vermelha de manga longa e saia lápis — para passar uma imagem profissional —, recebo uma ligação. Meu coração se enche de alegria ao ver que é minha mãe.

Eu e minha mãe somos carne e unha. Ela é a minha melhor amiga, seu espírito jovial é algo bom para mim e, às vezes, pareço muito mais velha.

— Oi, mãe.

— Olá, querida, só queria desejar um bom dia.

— Obrigada, desejo o mesmo para você.

— Já estou com saudades.

— O que deu em você para ficar tão melosa de repente?

Ela suspira e solta uma risadinha baixa, talvez mais para si mesma do que para mim.

— É que comecei a ficar nostálgica, você era meu bebê um tempo atrás.

— Também sinto falta daquele tempo, mãe.

— Como? Você nem sabia o que era a vida ainda.

— Exatamente por isso. Estou pensando em tirar férias, mas também não quero me desligar da empresa por muito tempo devido a alguns projetos.

— Lembre-se da sua mãe quando viajar.

— *Se* eu viajar... ainda não tenho certeza.

— Você vai! Já disse e vou repetir muitas outras vezes: você está precisando.

— Tudo bem, agora me deixa ir, porque estou atrasada.

— Eu quero saber quando você não está.

— Está bem, recebi a reclamação, tenho que desligar agora.

— Tchau, te amo.

— Também te amo — digo.

Ao sair de casa me deparo com algo estranho... Meu vizinho da frente está com as coisas empacotadas e a testa suada, há uma toalha de rosto em seu ombro. Ainda assim continua bonito, o tom bronzeando da sua pele sempre me chamou atenção.

— Olá, Bruno.

— Oi, vizinha. — Ele entra rapidamente no apartamento e volta com mais coisas para fora.

— Você vai se mudar? — pergunto apesar de ser óbvio.

— Sim, achei uma pessoa interessada na compra do imóvel e, finalmente, terei minha casa na praia. Você sabe como eu amo pescar, vai ser incrível.

Ah, então isso explica a correria dele em se mudar logo. Vai atrás de algo que gosta, acho isso uma coisa muito bonita.

— Que legal, boa sorte! — falo com toda a simpatia do mundo e sigo para mais um dia de trabalho.

Resolvo dar uma passada no pessoal do financeiro e ver como as coisas estão correndo por lá.

— Cadê a Júlia? — pergunto a uma garota que está olhando fixamente para o computador e minha voz parece assustá-la. Talvez estivesse vendo alguma rede social e está com medo de uma reclamação. Como se eu fosse perder meu tempo com isso...

— Acho que ela deve estar no andar de cima, precisava ver alguns papéis.

A garota parece realmente desconfiada. Fico com vontade de sorrir, mas mordo a parte interna da bochecha para não fazer isso; seria constrangedor para ela. Viro-me e, de repente, sinto uma tontura. Eu me encosto à mesa mais próxima e fecho os olhos, nunca havia me sentido assim.

— Você está bem, senhorita Sarah? — pergunta alguém que não consigo identificar, porque ainda me sinto enjoada demais para abrir os olhos.

— Sim.

— Essa é uma resposta automática, você não parece nada bem.

— Não é nada. — Abro os olhos. O homem na minha frente está com a testa franzida e parece seriamente preocupado.

Tento um sorriso e volto a caminhar em direção ao elevador.

— Não quer ir ao médico? — O homem insiste, acompanhando-me a passos largos.

— Não, já disse que estou bem.

— Tudo bem, então tenha um bom dia, senhorita Sarah.

Agradeço com um aceno de cabeça e entro no elevador, voltando às minhas atividades do dia.

Tenho que rever alguns contratos quando chego à minha sala e passo o dia todo com o coração acelerado. Minhas mãos estão mais frias que o habitual, mas ignoro, porque isso vai passar em algum momento.

Tomo um ansiolítico e, logo depois, sinto-me um pouco melhor, mas, desde a tontura de hoje, estou estranha. Talvez eu realmente devesse ir ao médico.

Quando menos espero, meu celular toca. É um número desconhecido e, por estranho que pareça, me pego querendo que seja David. Assim que atendo, no entanto, é uma voz feminina que fala:

— Oi.

— Alô?

— Ah, é a Megan...

— Hum, foi seu irmão que mandou você me ligar?

— Não, ele só me deu seu número porque pedi muito. Ele é um chato.

— E...?

— Queria chamar você para sair...

— Infelizmente, esses dias estão corridos para mim. — Uso a melhor desculpa que sempre tenho em casos como esse.

— Ah, que pena, então pelo menos vá à minha festa de aniversário.

Fico com vontade de suspirar, mas não quero que Megan escute minha frustração, então assinto mesmo que ela não possa me ver.

— Tudo bem, que dia, hora e lugar?

Ouço uma gargalhada alta do outro lado da linha. A garota parece sem ar de tanto rir e me pego pensando em qual foi a última vez que gargalhei assim.

— O quê? — pergunto mais irritada do que pretendia.

— Você consegue ser pior que o David.

— É difícil chegar onde cheguei, tenho que dar duro todos os dias para permanecer aqui. Você tem ideia de quantas pessoas querem que eu caia?

— Ok, ok, senhora compromissada, mas não me deixe na mão e venha à minha festa.

— Eu irei, só mais uma pergunta: que roupa devo usar?

— Olha, já que vai ser na minha casa, pode usar um vestido simples. Vai ser bem rápido e só convidei algumas pessoas. Vou te passar por mensagem todos os detalhes.

— Combinado, obrigada — falo e desligo.

Ainda tenho que dar uma passadinha no pessoal do *call center*, porque gosto de ver como estão se saindo, e, depois, pretendo fazer uma proposta ao financeiro.

Saio um pouco mais tarde hoje, já que precisei resolver umas coisas de última hora. Parece que encontraram mais um problema no site, devo contratar outra pessoa para solucionar isso de uma vez por todas.

Por dia, muitos me mandam mensagens e, geralmente, não tenho tempo de respondê-las, mas, às vezes, gosto de olhar os comentários que colocam no site.

Estou fazendo isso quando alguém puxa meu celular.

— Você não me respondeu, então vim vê-la pessoalmente.

É David, o que faz meu coração acelerar e, por alguma razão, dessa vez fico feliz em vê-lo. Principalmente se for com uma blusa com os primeiros botões abertos e com uma das mãos no bolso.

— Oi, desculpa, não tenho tempo para ler todas as mensagens que me mandam. — Tento pegar meu celular de volta, mas ele é mais alto e levanta a mão, impedindo-me completamente.

— Só devolvo se você me responder.

— Como vou responder à mensagem quando você está com o meu celular? — Cruzo os braços.

— Não disse que era responder à mensagem.

— Tá, responder ao quê?

— Quero chamar você para sair.

— De novo? Você sabe que não deu certo da última vez!

— Eu quis dizer um encontro de verdade. Vou levá-la para algum lugar realmente legal.

Lembro que ainda desconfio dele e que preciso descobrir mais coisas, então esse encontro será bom para eu comprar a caneta espiã e colocar no carro dele. Será que David está mesmo envolvido com os erros no site da minha empresa? Essa dúvida está me consumindo viva.

— Saio, agora devolve meu celular! — Estendo minha mão impaciente e, com aquele sorriso maroto de sempre, ele me entrega o aparelho.

— Minha irmã disse que você vai à festa dela.

— Vou, sim.

— Já sabe onde vai ser?

— Er... — gaguejo, porque não faço a mínima ideia. Ainda não tinha lido a mensagem que Megan enviou.

— Sarah!

— Vou abrir agora. — Quando levanto o celular, a tontura que senti de manhã volta com toda a força e meu coração acelera, antes de tudo ficar completamente escuro.

Capítulo 10

Aordo no lugar que mais odeio no mundo. As paredes brancas parecem me sufocar de maneira que se torna difícil respirar. Acho que tenho fobia de hospitais.

Quando me viro, vejo David dormindo e tenho que me esforçar para não sorrir. Está de óculos, não sabia que ele os usava.

Quanto mais penso sobre o que aconteceu, mais fico assustada. Por que eu desmaiei do nada? E por que David me acompanhou? Uma enfermeira entra e me flagra olhando para David. Percebo a mulher ficar corada, mas aposto que não tanto quanto eu.

— Oi! Você poderia chamar o médico para mim?

— Claro. — Ela quase corre para fora do quarto minúsculo.

Ainda estou encarando a porta quando escuto David acordar assustado:

— Onde estou?

Viro-me para olhá-lo e desato a rir com a pergunta . Seu rosto era um misto de susto e preocupação.

— Você está em um hospital, obrigada e desculpa.

Ele se levanta, aproxima-se um pouco mais de mim e alisa meu queixo. Esse gesto me faz arrepiar e fecho os olhos até ele retirar a mão dali. Por que David fez isso se nem amigos somos?

— Você realmente tem que me agradecer, sou seu salvador.

Solto uma risadinha curta.

— Também não enche tanto a bola assim.

— É verdade! Eu até machuquei a coluna.

— Ai, meu Deus!

— Tudo bem, já tomei um remédio que me deu sono, mas agora quero saber se você está bem...

— Eu estou.

O doutor entra com aquela cara de "nada" que os médicos geralmente têm e nos interrompe. Você pode estar morrendo, mas eles não fazem nenhuma expressão.

Claro que precisam ser assim para não assustar as pessoas, mas isso me assusta mais ainda, porque morro de ansiedade.

— Sarah, boa noite.

— Olha, pode me falar logo o que tenho? Minhas mãos estão congelando de nervoso.

— Você teve hipoglicemia, ou seja, está com pouco açúcar no sangue. Isso significa que não está se alimentando direito.

Penso em refutá-lo, mas começo a vasculhar a memória em busca da última coisa saudável que comi e não encontro nada. Faz um bom tempo desde que tive uma refeição de verdade.

Eu deveria contratar alguém para cozinhar para mim, isto é, se eu tiver vontade de comer. Geralmente fico trabalhando e esqueço de fazer pausas para me alimentar.

— Você é o namorado dela? — pergunta o médico depois de um tempo em que fico calada.

— Não, sou amigo — responde David e o olho com cara feia.

— Acho que nem isso somos, mal nos conhecemos...

— Bem, de toda forma, vou pedir para você passar em um nutricionista. Você deve se alimentar melhor – diz o médico. – Ainda está muito jovem para morrer por besteira, não acha?

— Entendi, obrigada. Vou passar no nutricionista o mais rápido que puder.

— Amanhã! — diz David se intrometendo em minha vida.

— Eu que decido quando vou.

— Se você for amanhã, vai ser melhor ainda. Sua situação não é tão boa, seria bom não adiar.

— Obrigada — respondo um pouco ríspida ao médico e, logo depois, e observo-o sair com um sorriso irritante no rosto.

— Você tem que parar de ser tão teimosa. Amanhã eu mesmo irei levar você ao nutricionista.

— Não. Obrigada pela preocupação, mas tenho compromissos amanhã.

— Sarah, caramba! É a sua vida, não negligencie.

— Eu sei, mas amanhã não posso. — Viro o rosto para o outro lado da sala. Tenho uma palestra para ministrar amanhã, não posso deixar todos na mão de última hora.

— Pode e vai!

— Eu tenho minhas coisas, não enche!

— Tudo bem, também tenho minhas coisas. Aliás, tinha um compromisso agora à noite com alguém importante e deixei tudo, porque você estava precisando.

Baixo minha cabeça e uma dor profunda se instala em meu peito. Ele disse que tinha algo com "alguém importante"... Acho que passei a me importar demais com esse homem ou talvez seja o remédio que me deixou alucinando.

— Desculpa, estraguei sua noite.

— E vai estragar mais se ficar teimando em não ir comigo amanhã. Por que você tem que ser tão chata?

— Está bem! Você convence as pessoas rapidamente, dá para entender porque é um CEO.

— E um dos melhores.

Reviro os olhos e observo ao redor. Procuro minha bolsa, mas não a vejo em lugar algum.

— Onde está minha bolsa?

— Está no meu carro. Vou levar você para casa.

— E o meu carro?

— Relaxe, amanhã também a levo para o trabalho.

— Desde quando ficou tão bondoso?

— A vida é curta demais para se irritar facilmente.

— Hum, então amanhã irei à força.

— Vai, sim! Eu conheço uma excelente nutricionista.

— Ela já foi uma de suas namoradas? — falo um pouco irritada, sem saber o porquê.

— Está com ciúme?

— Eu não!

— Tudo bem, agora vamos. Está na hora de ir para casa.

Ele me entrega o celular e me ajuda a levantar para irmos embora desse lugar asqueroso.

Capítulo 11

Por insistência de David, acabo aceitando ir à consulta com a nutricionista. Ele está sendo tão legal comigo que preciso dizer à minha carência que só está tentando me ajudar.

Ouvi alguns comentários sobre eu estar de namorado novo quando ele foi me levar ao trabalho e não quis refutá-los. Primeiro porque seria ridículo falar que, na verdade, desmaiei por negligência minha. Segundo porque gostei do que ouvi. As pessoas estavam falando que o CEO era muito bonito, e que eu também era, por isso combinamos. Isso encheu a bola que eu nem tenho, e fiquei com a autoestima lá em cima.

— Como foi seu dia? Você se sentiu estranha? — pergunta David assim que me vê na frente da empresa.

Ele decidiu vir porque, segundo suas observações, eu poderia fugir se não viesse.

— Fora o cansaço de ter que ficar o dia todo de salto e assinando uns contratos chatos, tudo correu bem.

— Fico feliz, não há nada pior do que se sentir debilitado.

— Verdade. Eu queria passar no shopping antes de irmos, tudo bem para você?

— Contanto que você não fuja, tudo bem.

Claro que pensei em fugir. Depender dele hoje para me trazer ao trabalho já foi bastante estranho e, para a minha sorte, meu carro está na empresa. Podemos ir cada um no seu carro dessa vez.

— Eu não vou! Só quero comprar uma roupa para usar na festa da sua irmã e pediria a sua ajuda para escolher o presente, sou péssima nisso.

— Terei enorme prazer em ajudá-la — diz com um sorriso que me contagia. Ah, esses malditos olhos...

Vê-lo falando desse modo é realmente muito bonitinho e engraçado ao mesmo tempo.

O shopping não é muito longe e logo estávamos estacionando. Confesso que, às vezes, fico um pouco no mundo da lua e hoje não é diferente... O problema é que, sem querer, bato em um carro estacionado à minha frente.

— Ai, meu Deus! — grito e saio do carro.

— Sarah? — pergunta David, depois de estacionar o carro dele.

Ao chegar perto do estrago, ele me olha espantado.

— Foi sem querer, mas e agora? Vou ter que esperar a pessoa?

— Não, é só pedir a alguém para chamar o proprietário da placa.

— Ah, que bom.

Sigo-o até uma área para atendimento aos clientes do shopping e, alguns minutos depois do aviso, um rechonchudo homem aparece. Sua respiração é tão agitada que posso imaginá-lo soltando fogo pelas narinas.

— Quem foi o incompetente que bateu no meu carro?

Eu me assusto com seu grito, até porque sou uma anã perto dele.

— Fui eu — falo em um sussurro, com medo do homem.

David parecia estar se divertindo às minhas custas, mas depois que viu como o sujeito estava sendo agressivo ficou na minha frente.

— Você quer parar de gritar? Desse jeito ninguém resolve as coisas!

Eu quase sorrio, mas logo lembro a situação em que estou e fico nervosa. Meu coração começa a bater muito rápido novamente, temo de ter uma síncope nervosa.

— Eu vou pagar! — garanto quando tomo coragem, de um jeito tão calmo que fico surpresa.

— Acho bom ter dinheiro mesmo!

E, então, eu e David começamos a rir. A expressão do homem era de pura confusão.

— Vocês estão tirando onda com a minha cara?

— Senhor, por favor, pare de gritar! — diz a atendente que, pelo jeito como morde o lábio, parece querer rir também.

— Você me conhece? — Viro-me para ela.

A atendente assente e volto a olhar para o homem irritante.

— Pagarei com muito sacrifício, mas faço questão! — afirmo ironicamente.

David e a garota sorriem, tenho que enxugar uma lágrima que escorre em meu rosto.

— Qual é a graça?

— Nenhuma. David, será que você pode me dizer quanto custa o conserto do carro dele? Sou um pouco desinformada sobre o assunto.

— Claro, acho que vai dar uns cem reais, visto que o estrago não foi tão grande.

Abro minha bolsa, procuro meu talão de cheques e começo a escrever o valor. O homem parece satisfeito e desconfiado ao mesmo tempo que tenho que ficar mordendo a bochecha para não rir ainda mais da situação.

— Pronto, que faça bom proveito com o seu carro.

Saio acompanhada de David, que toca em meu braço para eu diminuir o passo e pergunta gentilmente:

— Você está bem?

— Essa é a única pergunta que você sabe fazer? Me pergunta isso a todo o momento!

— Não pergunto mais! — Cruza os braços como uma criança que quer um brinquedo novo e se irrita quando a mãe não quer lhe dar.

— Não disse isso, David. E estou, sim. Faz tempo que não me divertia tanto.

— Agora vá logo, não pense que esqueci a nutricionista.

Reviro os olhos. Por que ele tem que ser tão chato e, ainda assim, tão bonito?

Atenta a ele, percebo que seu cabelo está maior do que na primeira vez que nos vimos, seu penteado exibe um topete. David fica bonito de todo jeito, mas homens de topete sempre me cativam.

— O que está olhando? — pergunta ele parecendo preocupado.

Talvez eu seja como uma maníaca olhando fixamente para seu cabelo.

— Nada.

— Sério, pode me contar... — A voz dele soa realmente insegura, como se algo terrível fosse acontecer.

— Só estava achando seu cabelo mais bonito do que na última vez.

Ele solta um longo suspiro de alívio e me pergunto o que pode ser tão horrível assim para deixá-lo tão temeroso.

— Olhe, minha irmã gosta daquela loja — fala ele, alto, e me assusto com o seu tom de voz. Algo que eu disse realmente o chateou.

— David, se eu disse algo...

— Você não disse nada. — Ele sai andando na frente, e eu luto para acompanhá-lo. Penso em dizer algo, mas não tenho o poder de acalmá-lo.

— O que sua irmã gosta de ganhar? — pergunto, tentando trazer o David que conheço de volta.

— Sei lá, qualquer coisa.

— Eu o trouxe aqui para me ajudar.

— Ela gosta de maquiagem, essas coisas de mulheres. — Ele dá de ombros e decido entrar na primeira loja de maquiagem que vejo. Compro uma daquelas maletas completas. Espero que ela goste mesmo de maquiagem.

Logo depois de eu ter comprado o presente de Megan, e desistido de comprar uma roupa para mim, seguimos viagem para a nutricionista. Ficava um pouco longe, mas preferi não reclamar, até porque parece que algum bicho mordeu David e não quero mais estresse do que já tenho.

O prédio onde que fica o consultório não é dos mais altos e agradeço mentalmente por isso, porque odeio elevadores. Aqueles pequenos espaços de metal me sufocam e, eu geralmente, pego elevador se estiver vazio ou com pouquíssimas pessoas.

— Preparada? — diz David enquanto entramos na caixa de ferro como se nada tivesse acontecido no shopping.

— Estou. — Quem fecha a cara dessa vez sou eu. Se esse homem é estranho, eu posso ser mais.

Se bem que ele está ganhando, já que insistiu em me trazer a uma nutricionista e depois me tratou mal do nada.

— Me desculpe pelo que aconteceu no shopping.

Cruzo os braços, o elevador faz um barulhinho irritante e sei que chegamos ao andar.

— Vamos, não quero me atrasar. — Saio e começo a andar rápido. Por ter uma placa, não preciso perguntar ao David onde o consultório fica.

— Sarah. — Ele agarra meu braço e me faz virar.

— Me solta! — resmungo.

— Não faz cena aqui — pede sussurrando, parece temer algo.

— Quem está fazendo cena é você. — Olho para a mão em meu braço e novamente para ele, que me solta no mesmo instante.

Agradeço aos céus por David não falar mais nada. Dou minha identificação e aguardo minha vez com meu melhor amigo, *Spotify*. Coloco no modo aleatório e começa a tocar "Want you back", de Haim. Mantenho em volume baixo para ouvir quando me chamarem.

"Eu disse que éramos amantes opostos, você continuou e a tentar provar que eu estava errado."

Olho disfarçadamente para o lado, onde David está focado em seu smartphone, talvez mandando mensagem para a "pessoa importante" que mencionou no outro dia.

Essa música é como se o destino estivesse brincando comigo. Deus, a letra está mexendo com a minha cabeça. Passo rapidamente para a próxima e começa a tocar "Worth it", de Fifth Harmony, então finalmente desisto de ouvir essa *playlist* que criei.

— Sarah Borges — chama uma jovem funcionária quando estou dobrando os fones e prestes a guardá-lo na bolsa. Eu me apresso e vou até ela.

— Sou eu.

— Pode entrar.

Entro na sala e fecho a porta, deparando-me com uma mulher na faixa dos seus trinta anos, sei disso pelas pequenas rugas que se formam ao redor dos olhos. Não entendo por que a estou analisando, mas quando percebo é tarde demais para parar.

— Pode-se sentar — diz ela e meu rosto esquenta ao me sentar à sua frente.

— Eu tive hipoglicemia e cheguei a desmaiar. Não pratico nenhum tipo de esporte e também me esqueço de fazer algumas refeições, acho que isso é tudo.

Ela escuta atentamente e, de novo, a cara de "nada" me irrita um pouco, mas está anotando várias coisas no receituário. Depois que termina, olha para mim.

— Você precisa começar a fazer alguma atividade física. Eu aconselharia caminhadas matinais, se você tiver tempo, ou academia. Aqui estão algumas dicas de refeições que vão suprir as necessidades de vitaminas. Com esses cuidados, você vai ter uma vida bem mais saudável.

Olho para o papel e aquilo parece horrível. Pão de queijo de ricota e chia? Bolo de banana e linhaça?

— Obrigada.

— Marquei sua volta para daqui a um mês, ok?

— Tudo bem, espero que funcione — digo com um toque de ironia.

— E irá, se você se esforçar.

Eu me empertigo e falo:

— Eu vou, e nunca falho.

A nutricionista dá um sorrisinho quando saio de sua sala com um pouco de raiva. Ela não é tão bonita assim para David! Eu sou mais, certo? Será que ele me escolheria?

Ah, por que estou pensando isso? Sou uma mulher bem-sucedida, posso ficar bem sozinha, não preciso ser a escolha de ninguém!

Capítulo 12

David ainda está me esperando quando saio da consulta.

— Você não precisava esperar.

Ao escutar minha voz, ele guarda o celular e, depois, dá um sorrisinho irritante para mim.

— Não faço as coisas pela metade.

— David, não quero atrapalhar você.

— Não atrapalha.

Começo a andar e a pensar na palestra que teria dado hoje sobre como ser uma CEO de sucesso, se não tivesse cancelado por causa de tudo o que aconteceu.

— Você é mais bonita quando está calada... — David fala e começa a sorrir de sua própria "piada".

— E você é péssimo tentando fazer alguém se sentir melhor.

— Poxa, doeu!

Aponto dois dedos como se fossem uma arma, finjo atirar e depois sopro a ponta deles.

— Era para doer mesmo.

Entramos no elevador e sinto um calafrio. Ter que encarar meu medo todos os dias não é uma tarefa muito fácil.

— Sarah...

— O que é?

— Você está muito pálida.

— Não é nada.

Aperto uma mão gelada na outra e estamos quase chegando quando, de repente, tudo escurece e o elevador para.

Solto um grito e começo a me desesperar! O que devo fazer em um caso como esse? Será que vou morrer?

— Caramba! — diz David ao meu lado.

Começo a fazer uma oração desamparada. Sei que Deus vai me ouvir.

— Por favor, me tira daqui! Serei uma pessoa melhor — resmungo com as mãos unidas e os olhos fechados.

— O que está falando?

Eu me agacho e meu coração parece ser o desfile de 7 de setembro, marchando e sem previsão de parada.

— Não acredito que isso está acontecendo.

David se abaixa e, tocando em meu braço, se move até meu lado.

— Vamos ficar bem, daqui a pouco a energia volta ou alguém aparece para nos salvar.

Inspiro e expiro. Meu coração bate ainda mais rápido depois do que ele fala e eu nem trouxe meu ansiolítico.

— Eu vou morrer — sussurro.

Sinto os braços de David ao meu redor e acho legal da parte dele fazer isso por mim, mas, mesmo assim, não funciona.

— Eu estou aqui com você.

— As paredes de ferro se fecharão sobre nós.

— O quê?

— Uma pessoa me disse isso...

— Acho que você está em estado de choque. — As mãos grandes de David pressionam com um pouco mais de força em torno de mim e me vejo deitando a cabeça em seu ombro.

— Eu estou.

— Se você não melhorar, posso beijar você.

Ele fala brincando, mas me lembro de algo que ouvi certa vez devido à alguma palestra sobre os benefícios do beijo em ocitocina...

Levanto a cabeça e tateio o rosto de David em meio à escuridão.

— O que está fazendo? — pergunta ele, sorrindo, e eu me sinto um tantinho melhor.

— Se você me beijar, a ansiedade vai passar.

— Está me pedindo para beijar você?

A petulância desse homem não tem limites...

— Se não quer me ajudar, tudo bem, mas ouvi falar que esse é um dos jeitos para combater a ansiedade. E eu nem trouxe o remédio que tomo quando tenho crise.

Quando menos espero, sinto uma grande mão cobrindo meu queixo. Meu coração acelera mais uma vez e sinto que não é porque estou presa em um elevador, e sim por fazer tempo que não beijo uma boca.

Não o vejo se inclinando em minha direção, apenas espero o momento. Nossos lábios se encontram levemente e fecho os olhos no escuro, sentindo a maciez de sua boca sobre a minha. Nossas respirações ficam mais breves, a umidade de seus lábios carnudos me faz concentrar no beijo e outro sentimento brota dentro de mim... *felicidade.*

Sou embalada pela vontade irrefreável de afundar os dedos naqueles cabelos e sentir a sua língua dentro de mim, mas ele se afasta brevemente. Posso ainda sentir seu hálito sobre minha pele quando David pergunta:

— Melhorou?

Pelo jeito, parece que não houve sentimento algum envolvido, mas a garota em mim vibrou com esse "beijo" que, na verdade, foi tão rápido quanto um selinho. Será que não significou nada para ele?

— Sim, obrigada.

É estranho agradecer por um beijo que lhe tirou um pouco da ansiedade?

— Por nada... — Ele hesita como se fosse falar mais alguma coisa, e eu espero, mas permanece calado.

Inspiro profundamente. Isso geralmente me ajuda, então faço várias vezes, e alguns segundos depois, David coloca o braço em volta do meu ombro novamente.

Instintivamente deito a cabeça em seu ombro e David solta uma risada rápida. Reprimo o desejo que está correndo dentro de mim. Ele só quis me ajudar, por isso me beijou

— Espero que nos tirem logo daqui... — digo antes que acabe ouvindo algum constrangedor.

— Eu também.

Nem penso em pegar meu celular. Estou em uma situação que esperei nunca passar: presa no elevador.

De repente, a luz volta. Afasto rapidamente a cabeça do ombro de David e me levanto. Inspiro uma última vez e aperto o botão do térreo.

— Ai, até que enfim, graças a Deus! — resmungo para mim mesma. Tudo vai ficar bem agora.

David se levanta lentamente e fica mais perto de mim. Essa proximidade me traz uma sensação incômoda, perigosa. Não quero admitir, mas percebo uma tensão sobre nós, é quase palpável.

— Até que enfim mesmo. Não aguentava mais você desse jeito, até eu já estava ficando nervoso.

— Me desculpe.

O barulhinho irritante me deu uma paz que nunca imaginei que fosse sentir novamente, e saio da caixa de ferro com as pernas ainda bambas.

— Você está bem, senhorita? — pergunta um senhor de cabelos totalmente brancos ao me ver naquela situação.

— Agora estou.

Continuo andando em direção à saída do prédio e não sei se quero voltar. Talvez eu vá a outro nutricionista. Isso se eu for...

— Sarah, espera! — Ouço a voz de David, paro e lembro o nosso beijo. Agora que penso no que houve, sinto-me constrangida. Meio que o forcei a me beijar e devo explicações.

— Olhe, me desculpe mesmo, não queria parecer oferecida nem nada do tipo.

Ai, meu Deus do céu, meu coração está acelerando de novo. Coloco a mão sobre o peito e sinto minha pulsação disparada com toda essa conversa a respeito do beijo que mal tivemos. Minha boca apenas encostou-se à do David e, agora, estou na frente dele... Tem como ficar mais constrangedor?

— Você não pareceu oferecida, só estava nervosa.

— Que bom que você entendeu, porque não queria aquilo. Apenas me lembrei de uma coisa e foi uma ideia idiota.

— Não foi idiota.

Arregalo meus olhos com o que ele diz. David gostou de me beijar? Estou ouvindo bem?

— Não?

— Sua ansiedade passou, certo?

Ah...

— Claro.

— Então valeu a pena e fico feliz por você.

— Obrigada mais uma vez.

Depois do que acabei de ouvir, talvez eu não devesse ter perguntado. Foi uma péssima ideia. Na verdade, tudo é uma péssima ideia: ter conhecido David e cada coisa depois disso. Será que em alguma outra dimensão eu não o conheci?

— Por nada.

Antes de ir até meu carro, despeço-me dele de um jeito bem sem graça. Vou para minha casa após mais um dia estranho em minha estranha vida.

Capítulo 13

No dia seguinte, decido sair um pouco mais cedo da empresa para dar uma passadinha no shopping e comprar meu vestido. Está bem em cima da hora, já que a festa de Megan é amanhã, mas, pelo menos, já comprei o presente, então com isso não tenho que me preocupar.

Quando estou na praça de alimentação, comendo um prato verde — porque agora estou determinada a ser *fitness* —, vejo um jovem casal passar. Parece tão feliz que me pego pensando em como já fui assim na juventude, daí a fase adulta chegou e, com ela, vieram responsabilidades e muitas outras coisas. Meu namoro e noivado com Pietro foram por água abaixo, e muitas outras situações chatas aconteceram comigo. Agora, até o meu coração vive acelerando como se tudo fosse dar errado.

Estou ficando cansada de "mastigar o mato". De repente sinto alguém me cutucar e, embora odeie isso com todas as forças, viro-me para encarar a pessoa.

— Meu Deus, não acredito que é você mesma — diz uma adolescente que deve ter uns treze anos. Ela usa óculos e está com seu uniforme escolar.

— Sou eu, e você é? – Dou-lhe um sorriso.

Ela se senta de frente para mim e joga sua mochila no chão, tão empolgada que fico surpresa de ser comigo.

— Sou Fernanda! Desde que ouvi falar de uma mulher CEO, fiquei doida para ser também.

— Que bom! Saiba que é muito importante o estudo e também ter essa vocação.

— Eu acho que tenho, e amo estudar.

— Sério?

— Sim, as pessoas se afastam de mim porque me acham estranha, mas não ligo. Sei que meu futuro será brilhante.

Dou uma gargalhada. Essa garotinha é de fato brilhante. Eu queria ter sido mais confiante assim quando adolescente.

— Acredito, costumo dizer para as pessoas acreditarem em seus sonhos. Saiba que eu já ouvi muitos dizerem que isso era impossível e que eu era jovem demais, mas fui lá e consegui.

— Que legal, gosto ainda mais de você depois de saber disso.

— Você está aqui sozinha? Cadê sua mãe?

— Eu costumo passear e ela deixa.

— Cuidado, do jeito que as coisas estão...

— Eu sei, fui assaltada outro dia.

— Ai, meu Deus, e como foi?

Quando menos percebo, estou conversando com uma garota de treze anos, e gostando disso.

— Um cara que estava de bicicleta tomou o celular da minha mão. Eu fiquei muito nervosa, mas nada me aconteceu.

— Menos mal.

Meu celular toca e, quando vou atender, vejo que é Megan.

— Eu tenho que ir — diz a garota já ficando de pé.

— Foi um prazer conhecê-la, Fernanda.

— Eu também estou muito feliz por tê-la visto.

Ela vai embora e, quando olho novamente para meu celular, a ligação havia caído. Retorno para Megan.

— Alô, Megan?

— Oi, Sarah, queria perguntar se você está melhor...

— Estou, sim.

— David acabou me contando hoje, quando perguntei por você.

David anda falando de mim para a irmã dele? O que mais será que falou?

— Ele falou mais coisas sobre mim?

— Bem, ele também disse que vocês ficaram presos no elevador.

Meu coração começa a ficar apertado. Será que ele contou sobre o beijo que nós demos?

— Ele contou os detalhes? — pergunto com a voz trêmula.

— Claro, somos irmãos e David sempre me conta tudo.

Solto uma risada sem graça. Como vou olhar para ela se sabe de tudo? Meu coração não aguenta essas coisas.

— Que bom, agora vou ter que desligar. Estou muito ocupada.

Quando Megan começa a falar algo, encerro a ligação e solto um suspiro. Será que dá para passar só um dia sem enfrentar alguma vergonha nessa vida?

Capítulo 14

Comprei um vestido muito bonito que me deixa com um aspecto mais jovem. É azul-escuro, estilo rodado. Decidi inovar e escovei meu cabelo. Como ele é muito cacheado, as pontas ficaram onduladas e até que o resultado está bem bonito. Dou mais uma olhada no espelho e avalio que, talvez, eu esteja arrumada demais, já que ela disse que seria algo pequeno.

Pego o presente que embalei ontem e, estando alguns minutos mais atrasada do que havia planejado, saio de casa.

Assim que chego ao endereço, vejo luzes para todos os lados e uma enorme entrada com muitos e muitos balões. Pelo visto, a festa não é nada pequena. Estou no portão, que é perto de um jardim lindo.

— Qual o seu nome? — pergunta um homem com uma prancheta e uma caneta nas mãos.

— Sarah Borges.

— Pode entrar, aproveite a festa.

O portão abre e revela o resto do ambiente, é espetacular. Não sei como alguém consegue morar ali, porque é enorme.

Estaciono meu carro em um lugar próximo, considerando que estou usando um salto muito alto. Pietro sempre dizia que não gostava quando eu os usava, mas eu fazia mesmo assim.

— Sarah! — Ouço uma voz estridente me chamar e vejo Megan, com um vestido preto e bem curto, vindo em minha direção.

— Oi — cumprimento antes de ela me abraçar com força, quase me fazendo perder o equilíbrio.

— Que bom que veio.

— Não a deixaria na mão, Megan. Feliz aniversário, espero que goste do presente. — Dou a caixa a ela, que abre um enorme sorriso.

— Obrigada, não precisava.

— Claro que precisava, e acho que você vai gostar.

— Tenho certeza que sim, vamos entrar!

Ela me guia até o interior da casa e vejo muitos garçons de um lado para o outro, equilibrando bandejas de conteúdos diversos.

— Falando nisso, você disse que seria uma festa pequena.

— É... sobre isso, acabei me entusiasmando.

— Percebi.

— Quero apresentar você a uns amigos.

Pelo tom malicioso em sua voz, sei do que ela está falando. Nem sequer penso em rejeitar a oferta, porque eu talvez precise de um pouco de emoção em minha vida.

Quando nos aproximamos de uma roda de convidados, percebo que há alguns bem bonitos. Tem um moreno que é de tirar o fôlego e um ruivo com ar sexy. Há algumas jovens entre eles, mas acho que são apenas amigas.

— Gente, essa é a Sarah.

Um dos rapazes me observa e fala:

— Você é aquela CEO famosa, certo?

— Sim.

— Reconheci porque a vi em uma revista e você tem um sinal aqui. — Ele aponta para o próprio pescoço se referindo à minha marca de nascença. É bem pequena, nunca pensei que fosse ser lembrada por ela.

— Bem, conversem bastante, vou andar por aí.

— Tudo bem, querida — falo antes que ela vá embora.

Vejo um lugar vago ao lado do moreno e vou até lá. Depois que me sento, cruzo as pernas e posso sentir os olhares em mim. Eu me acho uma mulher muito atraente, mas ser alvo de tamanha atenção é diferente — e melhor.

— Então, como é ser CEO? — pergunta o rapaz que havia falado comigo.

— É cansativo, mas é a melhor profissão que eu poderia escolher. Eu me dei muito bem, nasci para isso — respondo confiante.

— Você é muito jovem, como consegue? — pergunta uma garota com a voz carregada de talvez tenha ficado irritada por eu ser o centro das atenções.

— Sempre fui muito dedicada e, quando lutamos por algo, conseguimos.

— Por que você fala como se estivesse em uma palestra?

Ela continua tentando me colocar para baixo, mas a minha resposta sai automaticamente:

— Porque minha vida é uma palestra.

Ouço algumas pessoas rindo e a garota fica sem graça, mas quem mandou mexer comigo? Odeio quem tenta me derrubar sem motivos.

— Vejo que você já está enturmada. — A voz me causa arrepios e viro-me lentamente.

— Oi.

— Quer andar por aí? — convida David.

Aceito sem titubear, até porque ele é o único que realmente conheço aqui. Ele me estende a mão e, quando a pego, meu coração acelera.

David me leva até a parte externa da casa e caminhamos em direção ao jardim. Minha mão começa a esquentar sob o toque dele.

— Está se divertindo? – pergunta David.

— Estou, mas só falta algo para essa noite ficar perfeita.

— O quê?

Paro e começo a tirar o *scarpin*, ficando ainda mais baixa que o habitual.

— Pronto, esses saltos estão me matando.

— Você está bonita hoje, Sarah.

Observo o que ele está vestindo. A camisa social branca lhe dá um charme que eu nunca havia visto ou, talvez seja a festa em que estamos.

— Você também.

— Até parece...

— Sério! — Olho bem atentamente para ele e mordo meu lábio inferior para evitar comentar mais alguma coisa.

Um silêncio se instala entre nós e a nova música a tocar na casa é "Thinking out loud", de Ed Sheeran. O vento faz uma bagunça em meu cabelo que agora está ondulado de um jeito muito bonito.

— Amo essa música!

David para, e eu automaticamente faço o mesmo. Ele me estende uma das mãos enquanto a outra vai para as suas costas de forma galante, lembrando os homens de épocas passadas ao fazer uma mesura respeitosa.

— Então, dança comigo.

Não consigo segurar o riso que se instaura em meu rosto, devo parecer muito boba nesse exato momento. Seguro a mão oferecida e David muda a postura, levando uma de suas mãos para as minhas costas. Coloco a minha mão em seu ombro e começamos a nos mover lentamente naquele jardim espetacular.

— Você combinou bem com o cabelo dessa forma, mas prefiro cacheado.

Meu rosto esquenta e agradeço aos céus por tudo estar mal iluminado por aqui. Observo ao redor, para o jardim que está repleto de flores e luzes, tudo parece uma cena de filme. Volto minha atenção ao David, que ainda está olhando para mim com um esboço de sorriso no rosto, talvez esperando uma resposta minha.

— Obrigada, geralmente me dizem o oposto.

— Essa geração se importa muito com a beleza exterior.

— Verdade, sofri bastante por causa disso, como havia lhe dito.

Não quero encarar David por nem mais um segundo, é como se pudesse enxergar a alma dele através de seus olhos claros e encantadores. Tenho medo do que posso ver, por isso me aproximo um pouco mais e passo os braços pelo seu pescoço, encostando o queixo em seu ombro.

— Eles é que perderam e, talvez, tenha sido bom para você.

Seu perfume me afeta de modo entorpecente. Por que esse homem tem que ser tão cheiroso?

— Como?

— Tudo o que passamos tem uma razão, certo?

A música acaba e outra começa. É "Give me love", também de Ed Sheeran. Suspiro enquanto aproveito a brisa e nossa dança improvisada tem um fim. Sem aviso prévio, David instala um beijo caloroso em meu pescoço. O sangue esquenta em minhas veias, fecho os olhos e ele começa a meu cérebro começa a trabalhar em alta velocidade, mas então David se afasta completamente quando a música termina.

Ainda posso sentir aqueles lábios em meu pescoço. O lugar agora está formigando e estou quase me jogando em seus braços.

Pego o sapato que deixei no chão e, em silêncio, começo a andar. Penso no que ele tinha dito antes desse clima tenso entre nós.

— Verdade.

Ele me acompanha na lenta caminhada. Embora, esteja cada vez mais frio, não quero voltar para dentro da casa.

— Não parece, mas sou um ótimo conselheiro.

— Eu podia jurar que você era uma pessoa ruim... — Dou um sorrisinho.

— Eu gosto de você, Sarah — fala de repente, pegando-me de surpresa.

Meu coração dispara e penso que possa estar se referindo a mim como uma amiga, mas logo depois ele vai até uma roseira e pega uma rosa. Quando me entrega a flor, fico completamente confusa.

— Cuidado com os espinhos.

Fico tão sem reação que não sei o que responder. É como se o nada tivesse se instalado em meu cérebro.

— Obrigada.

É a única coisa que consigo responder sem ter uma síncope nervosa. Ele gosta de mim como amiga ou não?

— Acho que já vou embora. — Começo a voltar, meu coração nervoso bate descompassadamente.

— Qual é? Você acabou de chegar...

— Lembrei de algumas coisas que tenho para fazer.

— É porque disse que gosto de você?

— Não! — Ando mais rápido e meu interior se agita ainda mais.

— Não quis dizer que gostava daquele jeito...

Ah, eu que me equivoquei como sempre faço. Sabia que ele não gostava de mim dessa forma, mas meu coração é bobo demais. Solto um longo suspiro e olho novamente para ele, fitando seus olhos azuis brilhantes.

— Não é nada disso, mas eu realmente tenho que ir embora.

— Vamos tomar um drinque...

— Vou dirigir, esqueceu?

— Verdade, e me desculpe se fiz algo que não a agradou essa noite.

— Você não fez nada!

— Até mais, então.

— Até.

Afasto-me completamente, querendo que ele me explique o que aconteceu entre nós nesse jardim, nessa noite, mas meus pés se movimentam contra a minha vontade e me distancio do homem que fez meu coração acelerar novamente. Ai, meu Deus, acho que estou me apaixonando e isso não é nada bom. Não vou desistir do plano da caneta, quero descobrir de uma vez por todas se David tem algo a ver com tudo o que está acontecendo na empresa. E farei isso o mais breve possível.

Capítulo 15

Decido tirar o plano da caneta espiã do papel. Depois do meu longo dia, vasculho na internet algum site chinês, daqueles que vendem de tudo, e rapidinho acho caneta. Era barata e opto por comprar mais de uma, porque vai que alguma dá problema – esses produtos *xing-ling* sempre dão. Paguei bem caro para chegar rápido, porque, se você optar pelo frete grátis, demora que é uma beleza.

Pronto, tudo feito, agora só vamos esperar chegar. Espero que seja o mais breve possível, pois quero descobrir quem é o David de verdade.

Foi idiotice pensar que estava me apaixonando por ele, só fiquei abalada por receber seu beijo no pescoço. Eu quase enlouqueci, mas tudo bem, agora estou sob controle e pode ser que não nos vejamos mais.

Olho meu belo apartamento e vou me deitar um pouco no sofá, ver as notícias ou ler algum livro. Faz um tempão que não faço isso.

Assim que pego um dos livros da minha estante, fico um pouco entediada, então resolvo fazer uma das receitas que a nutricionista passou. Há algumas bem legais na internet, são difíceis, mas sei que consigo fazer rapidinho. Como não tenho todos os ingredientes em casa, decido ir ao supermercado.

Visto uma *legging*, uma camisa branca, estilo *t-shirt* bem confortável, e amarro o cabelo em um rabo de cavalo. Dou uma olhada no espelho que tenho na sala. Meu cabelo está muito bonito desse jeito, um pouco mais liso que o habitual, mas já sinto falta dos cachos.

Assim que saio, percebo que há algo errado no apartamento em frente ao meu. O antigo vizinho já tinha ido embora, eu sei, então isso significa que o novo já está por aí e, por isso, a porta está aberta. Penso em chamá-lo, mas desisto... Depois conheço a pessoa novata por aqui.

Assim que chego ao supermercado, encontro a última pessoa que esperava ver hoje... Megan? O que ela está fazendo na região?

Bem, não custa cumprimentá-la.

— Oi.

A garota olha para mim e sorri, depois se aproxima mais um pouco e me abraça apertado. Seu sorriso é pura empolgação.

— Oi! Você sumiu da minha festa sem nem me dizer. — Ela coloca a mão na cintura como se estivesse com muita raiva.

— Me desculpe, tive que sair depressa e não queria incomodar. Você estava na sua festa.

— Tudo bem.

— E você, o que está fazendo por aqui?

— Compras. — Ela aponta com a cabeça para o carrinho de supermercado.

— Ah, eu também! Queria testar uma receita nova e, como esse é o único mercado que fica aberto até essa hora, dei uma passadinha.

— Foi bom ver você, depois ligo — diz e sai andando lentamente como se nem estivéssemos conversando há alguns minutos.

Olho para a quantidade de comidas em latas ao meu redor, cheias de conservantes e penso em levar algumas, mas a culpa não deixa. Acabo pegando os itens necessários para fazer a massa caprese com frango, o nome é bem bonito e espero que seja apetitoso também.

Tomates italianos ✓

Mozzarella de Búfala ✓

Filé de peito de frango ✓

Macarrão ✓

Manjericão ✓

Molho pesto (comprar ingredientes para fazer na hora)

Azeite ✓

Depois de riscar todos os itens da lista, finalmente vou para casa. Sinto um pouco de medo, porque estamos no país onde uma mulher é estuprada a cada onze minutos. Às vezes é meio difícil ser mulher. Eu já tentei aprender defesa pessoal, e até ia muito bem, o problema é minha ansiedade, perco a força com ela.

Ao chegar a casa, solto um suspiro. Como é bom alcançar seu destino em paz e em segurança. Amém!

Capítulo 16

No dia seguinte, acordo animada e faço um belo sanduíche natural de ricota para o café da manhã... Não achei tão bom, para ser sincera, mas estou seguindo à risca a dieta que me foi passada, só falta a coragem para caminhar...

Com meu terninho habitual, prendo o cabelo em um rabo de cavalo bem feito, para parecer mais profissional. Ainda não esqueci que preciso passar no shopping para comprar umas novas roupas e, quem sabe, doar muitas das que tenho para alguma instituição.

Logo que saio do apartamento, vejo David. Que estranho encontrá-lo por aqui! Será que veio me ver?

— David, que surpresa!

O meu coração acelera, isso não é bom... Que coisa chata! Esse órgão tem que ficar fazendo isso comigo?

— Oi, vi seu apartamento no outro dia e me apaixonei...

Observo as caixas e já tenho uma ideia do que aconteceu.

— Que legal, então você comprou o apartamento da frente, né? — pergunto e gelo, posso jurar que sou a própria *Elsa* do desenho "Frozen". Com essas mãos, posso até fazer nevar!

— Sim, por coincidência, essa era a única que estava à venda.

Olho um tanto desconfiada para ele, que retribui com um daqueles sorrisos de galã de novela. Fico com um pouco de raiva por ele causar esse efeito em mim. Pietro era muito mais bonito e malhado que ele, não que eu me importe com a barriga chapada de meu ex-noivo.

— Muito estranho, cheguei a pensar que você estava me seguindo.

— Quem sabe? – pergunta brincando.

Observo, nesse momento, que o cabelo dele está com algumas falhas, talvez o barbeiro tenha feito um estrago.

— Se quiser ajuda com algo, é só bater.

— Tudo bem, vou incomodar você bastante... — David dá uma gargalhada tão fofa, ops... boba, que olho sem querer para a sua boca. Desvio rapidamente minha atenção, não antes de pensar em como ela era macia sobre a minha.

— Pode incomodar, mas agora eu tenho que ir. — Olho para o pequeno relógio dourado em meu pulso e estou tão ansiosa que nem consigo ver a hora direito, mas digo: — Estou atrasada, nos falamos depois.

— Tudo bem. — Ele diz e entra em seu apartamento.

Nunca em mil vidas esperaria que ele fosse se tornar meu vizinho. E também nunca esperaria que fosse sentir algum tipo de atração por meu rival.

Vamos parar por aqui, isso já está ficando estranho demais.

Chego ao trabalho um pouco atrasada, mas ninguém nota, até porque sou a pontualidade em pessoa. Vejo Alexander do outro lado da sala e aceno. Ele retribui e me lança um sorriso, acho-o um rapaz muito legal.

Quando penso que tudo está bem, Júlia aparece à minha frente enquanto aguardo o elevador, branca como um fantasma. Logo penso que ela poderia ter ficado presa naquele monstro de metal como ocorreu comigo, mas a coisa era mais grave.

— O site saiu do ar.

Com essa frase, o mundo parou para mim. Como assim o site da empresa tinha saído do ar?

Isso é impossível, achei que esse erro já havia sido reportado, mas pelo visto voltamos à estaca zero. Essas coisas só acontecem quando estou com um nível elevado de estresse, sinceramente...

— Como assim?

— Vários clientes estão tentando entrar, mas o pessoal do *call center* não para de mandar mensagem informando que as ligações estão a mil.

— Ah, meu Deus, não aguento mais essa palhaçada!

Entramos no elevador e, ao chegarmos ao nosso andar, quase corro até minha sala. Quando isso vai acabar? Quando vou descobrir o que está havendo nesse site?

Ligo para o homem que me ajudou em outra ocasião e relato todo o problema que me foi passado. Sei que há alguém sabotando a empresa, só me resta descobrir quem é.

Entro no site chinês em que comprei a caneta espiã e vejo se o pedido já está em processo, então descubro que a encomenda foi enviada. Menos mal, agora só resta mais um tempinho até estar em minhas mãos. Se David estiver envolvido nisso, vou odiá-lo por toda a minha vida, seja ele meu vizinho ou não.

Depois de horas, nosso sistema volta ao normal pela milésima vez e espero que tudo fique resolvido. Não aguento mais perder dinheiro por causa dessas besteiras.

Penso em tentar sabotar a outra empresa, mas isso seria injusto, já que não sei quem de fato está fazendo isso. Aquela pulga atrás da orelha, no entanto, me deixando louca. Como David se mudou para o apartamento da frente, posso fazer um bolo e lhe dar as boas-vindas. Quem sabe ele não se abre mais comigo?

É isso, vou virar amiga dele.

O dia foi mais longo do que imaginei e me vi contando as horas para ir embora, coisa que quase nunca acontecia, e, por incrível que pareça, estou me adaptando à vida saudável. Talvez amanhã eu comece a correr, estou pensando em fazer isso na praça perto da minha casa. Vejo várias pessoas correndo quando venho trabalhar e não parece tão ruim.

Chego a casa e ainda não são oito horas da noite, o que é um bom momento para ir falar com David. Enquanto voltava, comprei uma torta de morango, porque, pensando bem, não queria ter o trabalho de fazê-la e os doces da *Sweets* são a melhor coisa do mundo.

Bato à porta de David e espero uns bons minutos antes de, finalmente, ouvir a fechadura sendo aberta.

— Oi — diz casualmente, encostando o antebraço à porta. Ele se inclina um pouco para a frente com naturalidade, o que me faz recuar quando nossos rostos ficam perto demais.

— Oi, trouxe uma torta para você se sentir bem-vindo.

— Isso acontece no Brasil?

— Não, mas vejo isso nos filmes americanos e queria fazer com você, já que o conheço.

Ele fica ereto novamente e dá espaço para que eu possa entrar. A casa está uma bagunça, mas não comento nada, ainda não sou tão íntima para falar essas coisas.

— Trouxe torta de morango, espero que goste.

O rosto dele se ilumina e fico feliz por ter escolhido esse sabor de torta, e mais feliz ainda porque é minha favorita. Se ele gostar, então temos paladares parecidos. Espera, por que estou pensando nisso? Que coisa ridícula!

— Amo torta de morango!

Entrego a ele, que vai até a cozinha. Sigo-o, me inclino sobre a mesa americana e o observo cortar um pedaço que vem com um morango enorme.

— Que sorte, esses morangos são a melhor parte! — digo, e ele me dá o pedaço. Fico tão eufórica que demoro a perceber que meu coração está calmo... Pela primeira vez ele não acelerou, isso é um bom sinal.

Dou uma mordida e solto um suspiro.

— Ainda não agradeci, obrigado.

— Eu que agradeço — respondo e levo mais um pedaço da deliciosa torta à boca.

— Ninguém nunca fez isso, fiquei lisonjeado.

Ele come a torta e a cara que faz de prazer é engraçada demais. Começo a sorrir.

— Pelo visto, não sou a única viciada em torta de morango por aqui.

— Você pensa que essa torta está boa? Nunca provou a da minha mãe.

— Sério? Agora fiquei um pouco curiosa.

— Ela gosta de colocar morangos inteiros.

Faço uma careta. Um morango inteiro é exagero demais, mas será que fica bom?

— Não fica ruim desse jeito?

— Pelo contrário, fica muito melhor.

— Agora estou pensando em fazer uma.

— Você gosta de cozinhar?

— Tenho que ter uma vida saudável agora, esqueceu?

— Verdade.

A boca dele está melada em um canto e, sem refletir sobre isso, me aproximo e passo o dedo indicador para limpá-lo.

Uma coisa estranha acontece em meu estômago quando sinto a textura daquela boca linda, mas ignoro e afasto minha mão de perto dele. A tensão entre nós aumenta novamente e não sei se consigo aguentar. Não quando David parece sentir a mesma coisa que eu.

Não faço ideia do que dizer, mas a as palavras soam por conta própria:

— Você é tão bonito, isso é meio injusto... — A minha voz sai estranha.

— O quê?

Meu Deus, acabei de falar que o acho bonito. Ele, com certeza, entendeu tudo errado. E se pensar que gosto dele?

— Nada, acho melhor eu voltar, já está ficando um pouco tarde.

Começo a me afastar, mas David dá a volta na mesa e, rapidamente, se posiciona à minha frente. Não sei o que me deixa mais nervosa, o fato de ele estar na tão próximo, claramente com segundas intenções que provoquei, ou de eu dar uma espiadinha e ver que ele está... sabe...

— Pare de inventar desculpas, você é péssima nisso — sussurra ele.

Sinto seu hálito quente e perto... As lembranças do nosso beijo no elevador não são nada comparadas à imagem de David assim, na minha frente.

— Não estou inventando. — Minha voz sai um pouco entrecortada, percebo que estou ficando ofegante e desvio o olhar.

Já estou formigando de desejo de beijá-lo.

— Está, sim. — David segura meu queixo e me faz olhá-lo, suas mãos grandes fazem minha pele formigar e o desejo por algo maior surge em mim.

Solto um suspiro e seus olhos azuis estão me fitando de um jeito que me deixa com medo, como se pudessem descobrir qualquer coisa, como se estivessem lendo minha alma. Por incrível que pareça, eu deixo.

— Sarah...

Percebo que ele também está ofegante, não sei se consigo lidar com isso... Depois de tanto tempo na seca e trabalhando feito uma condenada eu mereço, certo?

— Me beija! — ordeno, e ele rompe o espaço que restava entre nós em um beijo incandescente.

Primeiro estávamos feito animais, nunca beijei ninguém desse jeito, mas depois o beijo foi ficando mais tranquilo. Deslizo a mão em sua nuca e David solta um som que me faz sorrir.

Sua língua invade a minha boca e o desejo aumenta dentro de mim, quase como se não pudesse ficar melhor. O gosto dele é algo que eu quero lembrar enquanto viver e me afasto um pouco para dar atenção ao seu pescoço tentador.

— Ainda há tempo de voltar atrás — alerta ele, e a razão começa a dar retornar. Em uma briga entre hormônios, contudo, a razão sempre perde.

— Não quero... voltar atrás — sussurro e sinto a pressão que David faz em mim aumentar! Jogo a cabeça para trás.

Quando se tem mais de 25 anos, os beijos não são suficientes. Ele tira minha blusa e, tão rápido quanto um piscar de olhos, as roupas estão no chão e me vejo apenas com as últimas duas peças. Sob o olhar dele, sinto-me a mulher mais linda do mundo.

— Você é muito quente, Sarah — sussurra em meu ouvido. Perco a noção do mundo quando David morde o lóbulo da minha orelha, soprando lentamente em seguida.

Estou perdendo o meu autocontrole! Sinto as suas enormes mãos traçando a linha da minha perna direita e me obrigo a respirar enquanto aproveito a sensação.

— Tão linda em todos os lugares...

Não consigo responder e, quando ele começa a deixar beijos úmidos em meu pescoço e ombro, fico ensandecida. Com um impulso, jogo as pernas ao redor de sua cintura e percebo que isso faz com que David me provoque ainda mais. Sua língua brinca um pouco em meu pescoço e clavícula antes de ele me dar um beijo cheio de paixão, que me deixa ainda mais louca, se isso é possível.

— Não vou aguentar... por muito tempo — digo sem fôlego, e ele entende a deixa.

Leva-me para o quarto e vejo que até agora só havia um colchão, mas não tenho problemas com isso. Quando David me coloca lentamente na "cama" e me olha, juro que teria um clímax só com esse olhar.

David deita sobre meu corpo e o seu volume me faz gemer! Quero senti-lo em mim, por isso passo a mão por sua barriga e sigo traçando até o cós de sua cueca. O homem beija o meu ventre antes de voltar a atenção para os meus seios.

— Gata, você é perfeita!

Mordo o lábio e, quando David me beija novamente, sinto como se fosse morrer de prazer. Seus dedos deslizam por cada lugar de meu corpo e pressionam em meus quadris.

Estou morrendo de desejo! Mas, quando ele monta em mim, vejo o céu chegar bem perto.

— David... — digo quando chego ao limite e, pouco depois, ele murmura o meu nome também.

Desabamos juntos e me sinto completa. Eu tive uma das noites mais incríveis da minha vida, queria que esse êxtase durasse para sempre.

Capítulo 17

Meia hora depois, quando a razão chega, fico envergonhada. Será que ele gostou?

Fico com vontade de inventar alguma desculpa boba e ir embora, mas, ao mesmo tempo, não quero ir. Minha mente está muito paradoxal nesse exato momento.

— Não acredito que isso aconteceu... — sussurro tão baixo que penso que ele não ouviu, mas pelo visto sim.

— Nem eu, mas fico feliz que tenha sido com você.

— Seria com qualquer uma, então? — pergunto brincando, e relaxando um pouco, me viro e me apoio sobre o cotovelo para fitar os lindos olhos de David.

Para falar a verdade, sempre me encantei por olhos escuros, mas os de David me conquistaram de uma forma...

— Com certeza, mas você chegou primeiro, sabe?

— Sei.

Sei que está tudo bom demais para ser verdade, mas realmente não posso me relacionar com uma pessoa que me enche de desconfiança. Isso não pode ter um começo.

— Olha... — começo, incerta do que dizer. — Não quero nada sério por enquanto. — O meu trabalho jamais permitiria.

A expressão dele muda, não sei se é a favor de relacionamentos sérios ou se o que falei foi bobo demais.

— Eu posso fazer isso, nada de compromissos.

Dou um sorriso amarelo. Sei que é o certo a fazer por ora, não quero dar falsas esperanças nem me iludir, já sofri decepções demais em minha vida. Além do fato de eu desconfiar dele...

— Tenho que ir embora agora. — Levanto-me com o lençol enrolado ao corpo, procurando minhas roupas ao redor, mas lembro que estavam na sala.

Deixando um pouco a vergonha de lado,afinal, acabo de me entregar a esse homem, saio deixando-o sozinho. Assim que encontro minhas roupas jogadas na sala, trato de vesti-las rapidamente. Estou com sono, então não me despeço de David e vou embora para meu humilde apartamento.

Minha casa está muito bagunçada ultimamente, preciso arrumar alguém para me ajudar nas tarefas domésticas. Minha faxineira só vem de tempos em tempos e o meu trabalho não me permite fazer essas coisas.

Minha mente está a mil, várias questões são trazidas à mesa do meu cérebro. Será que a vida colocou David em meu caminho ou essa história é apenas um monte de baboseiras? Nós combinamos demais, essa noite foi mágica.

Tudo bem, mágica também não, mas sou uma romântica incurável. Tudo para mim é muito lindo... Ai caramba! Preciso dormir, o bom é que amanhã não trabalho e posso tirar o dia para relaxar. Depois de mandar inúmeras mensagens para a minha mãe perguntando como havia sido seu dia, nem esperei por retorno, pego no sono tranquila por saber que não terei obrigações amanhã.

Assim que acordo, sinto como se estivesse com ressaca, mas é de uma certa pessoa... Os beijos que ele me deu, com tanta urgência, foram algo tentador e que nunca havia experimentado na vida. Os beijos de Pietro eram sempre tão iguais... É como Colbie Caillat diz na música "I never told you", às vezes sentimos falta de uma pessoa porque nos acostumamos com a presença dela. Talvez eu não gostasse tanto assim de Pietro, mas vê-lo sair tão de repente de minha vida me deixou perdida, precisava da amizade dele.

Decido que hoje deixarei de procrastinação e vou partir para a ação. Visto uma *legging* preta com uma regata rosa, a única que achei, prendo o cabelo e, por último, calço o tênis.

O relógio indica que ainda é bem cedo, melhor assim, já que não gosto quando o sol está escaldante.

Como um sanduíche com patê de atum e depois pego meu celular para pesquisar se é saudável ou não. Agora estou vivendo uma vida *fitness* e, quando me dedico a algo, é para a valer.

Assim que saio do meu apartamento, olho para a porta de meu novo vizinho e lembro tudo o que ocorreu entre nós na noite passada. Mordo o lábio inferior, quero repetir.

Que coisa louca!

Dou um suspiro, coloco meus fones de ouvidos e "Set fire to the rain" começa a tocar. Será que o universo quer me dizer algo?

A praça está vazia e posso caminhar por entre os enormes prédios. Sinto-me em uma cena de filme e, quem sabe, como uma adolescente novamente. Mesmo sendo muito cedo, está mais quente do que o habitual e não há brisa alguma.

Enquanto escuto o álbum "21" de Adele, paro um pouco para beber água e me hidratar. Depois de continuar por uns quinze minutos, já me sinto exausta como se tivesse corrido mais de cinco quilômetros. Quando pauso, meus pulmões lutam para conseguir um pouco de ar, chega a doer... Essa coisa de ser sedentária é horrível, viu?

Seleciono a música "Turning tables" e aumento um pouco mais o som, algumas partes tocam meu coração.

"So I won't let you close enough to hurt me. No, I won't rescue you to just desert me."[1]

Meu celular vibra. A ligação é da empresa, bem típico estarem precisando de mim quando não estou lá.

— Alô? — digo um tanto impaciente.

— Senhorita, me desculpe ligar em seu dia de folga, mas achamos muito estranho você não ter vindo.

Olho meu relógio. São oito horas da manhã, pelo amor de Deus, eu sou um ser humano!

— Realmente vou folgar hoje, o que houve?

Eu tenho muitos dias em haver acumulados, talvez até faça uma viagem para um lugar longe de toda essa bagunça que chamo de vida.

— Você disse que havia um projeto a ser debatido, achei que fosse fazer isso na reunião de hoje.

Ah, droga! Nem me lembrava dessa reunião, mas hoje tirei o dia para descansar, então descarto a possibilidade.

— Na próxima reunião falo a respeito desse projeto, hoje realmente quero descansar.

— Mas...

— Tchau — corto seu argumento e desligo.

1 Então eu não vou deixá-lo perto o suficiente para me ferir. Não, eu não vou salvar você apenas para me abandonar.

Não é porque sou CEO que não posso ficar um dia em paz. Sei que é essa a imagem que sempre passei, mas decidi mudar e essa mudança começou por dentro.

Volto para casa exausta e suada, preciso urgentemente de um banho. Esse é o problema com qualquer tipo de exercício físico, porém terei que me adaptar a esse estilo de vida e a tudo o que ele traz consigo.

Assim que abro a porta, vejo alguém em meu sofá. Reconheço os cabelos da pessoa rapidamente, me animo e vou até ela, que está dormindo. Acho que queria me fazer alguma surpresa, mas não aguentou, não é típico de minha mãe acordar a essa hora.

De repente me lembro que daqui a alguns dias é meu aniversário, será que ela tem algo em mente? Minha mãe sabe que não gosto de festas de aniversário, tanto que mal lembro quando é essa data.

Vou tomar meu maravilhoso banho e me sinto outra pessoa quando saio refrescada com uma saia de pregas que achei no fundo do baú. Vesti uma blusa com um abacaxi enorme na frente, não ficou muito na moda, mas me sinto confortável e isso é o que importa.

— Madame — digo, acordando-a com leves beijos em sua cabeça.

A mulher magra se espreguiça e sorri quando me vê à sua frente. Sinto-me tão feliz quando ela vem me visitar.

— Minha filha, para onde foi? Vim fazer uma surpresa, mas terminei apagando.

Percebo que ela faz uma careta quando olha mais atentamente para minha roupa.

— Eu fui correr. Decidi de última hora, mesmo estando sem vontade de ir.

— Acho isso uma coisa muito boa. Está um pouco acima do peso, certo?

— Não estou acima do peso, estou normal. E, mesmo que estivesse, nunca me importei com isso.

— Eu sei que você não está, mas é sempre bom ficar na linha.

— Tudo bem, o que a senhora veio fazer aqui? Ainda não me disse sobre a tal surpresa.

— Ah, daqui a uma semana é seu aniversário.

Reviro os olhos. Como imaginei, ela deve ter planejado algo para mim e, que como sempre, não quero nada.

— Mãe... é só mais um dia normal.

— Não é não, você vai ficar um ano mais velha.

— E isso é uma coisa boa?

Canso de ficar em pé e me sento ao seu lado no sofá.

— É sim, já pensou em quantas pessoas morreram antes de ver o sol nascer?

— Mãe, nem gosto de imaginar.

— Então se sinta uma pessoa muito afortunada.

Paro para pensar a respeito Ela falou algo muito certo, várias pessoas nesse exato momento estão morrendo. Não consigo nem pensar na quantidade, sou realmente uma pessoa com muita sorte por ver o sol nascer outra vez. Agradeço a Deus por mais um dia de vida.

— Eu já disse que você é a melhor mãe do mundo?

— Não hoje...

— Você é.

Eu me aproximo dela e a abraço. Amo a minha mãe com todas as forças, ela é uma mulher incrível e me sinto sortuda apenas por tê-la em minha vida.

— Você e o papai já são meus presentes.

A campainha toca e faz com que a conexão entre nós se quebre. Quando abro a porta, vejo um David despreocupado na minha frente. Congelo e meu coração dispara, pareço estar em uma corrida na qual quero ganhar em primeiro lugar.

— Oi — diz ele. Quando dá uma olhada para dentro dar minha casa, vê minha mãe e a cumprimenta com a cabeça.

— Oi? — Dou um passo à frente e encosto a porta às minhas costas para termos alguma privacidade. Fico mais próxima dele, sinto um calor interno, mas nada se compara à minha curiosidade.

— Vim entregar isto.

Ele segura um pequeno elástico e me dou conta de que saí de seu apartamento com o cabelo solto. Pego o objeto e dou o melhor sorriso que consigo, sentir o perfume forte de David está me deixando um pouco mais alterada do que gostaria.

— Obrigada, nem lembrava que tinha deixado isso lá.

O olhar dele fixado ao meu está ficando constrangedor, porque estou me lembrando de suas mãos em mim e de quando ele me aproximou de seu corpo com um beijo.

Viro o rosto na intenção de diminuir essa tensão que se instala entre nós toda vez que nos vemos.

— Esqueceu outra coisa também. — Ele toca meu queixo e, quando viro o rosto, instala um beijo em minha bochecha. Solto um suspiro frustrado. Depois dos seus beijos ontem, é como se eu vivesse para ter aquilo, queria muito mais.

— É, minha mãe está aqui, se quiser entrar... — falo e me arrependo na hora, porque ele pisca os olhos como se o encantamento houvesse se quebrado e se afasta.

— Tenho que ir agora. — David olha para o relógio e solta uma risada seca. — Não quero me atrasar, deixa para uma outra hora.

Quando ele vai embora é que me dou conta da burrada que falei. Quem é que quer conhecer a mãe de alguém sem estar comprometido?

Só existem duas possibilidades: quando há interesse amoroso ou quando se está na *friend zone*. Não sei em qual dessas nós estamos, mas volto para dentro do apartamento bastante reflexiva.

O dia passa lentamente e minha mãe, que não é boba nem nada, ficou me perguntando algumas vezes sobre o que meu vizinho queria comigo. Desconversei, porque ainda está cedo demais para falar sobre isso, e porque ainda não sei o que está havendo entre nós dois.

— Sarah, você está muito aluada hoje.

— Não estou, não, só estou pensando em algo na empresa.

— Hum, essa mesma desculpa.

Abro um enorme sorriso para Quando estamos conversando sobre coisas bobas, meu pai liga:

— Oi! O que você quer agora? —pergunta mamãe depois de acionar o viva-voz.

— Estou com saudades.

— Então venha para cá.

— Estou ocupado. Ainda trabalho, sabia?

— Sei, mas está na hora de se aposentar.

Abafo uma risada. Minha mãe e meu pai são fofos até brigando, às vezes acredito nas besteiras que ouço toda vez que eles se falam. O amor é tão confuso, né?

Pietro e eu brigávamos muito, mas não era nada fofo. Ele dizia que estava me matando de trabalhar, e estava certo, mas não dei ouvidos.

— Sarah! – grita minha mãe ao meu lado. Paro de pensar na morte da bezerra e volto ao mundo real.

— O que foi?

— Eu chamei você várias vezes.

— Me desculpe.

— Que filme vamos assistir?

— Você escolhe.

Ela fica animada e, automaticamente, sei qual filme escolherá. Minha mãe praticamente ficou viciada no personagem principal, meu pai não gostou nada...

— "Cinquenta tons de cinza".

Terminamos assistindo a esse filme que já vi várias vezes, mas, dessa vez, quando Christian está com Ana, sinto uma inquietação. Algumas imagens da noite anterior surgem em minha cabeça.

— Está tudo bem? —pergunta minha mãe diz e percebo que estou com a boca aberta.

— Tudo, só estava pensando em algo.

— Claro, esse Christian faz a gente pensar em muitas coisas.

— Mãe!

— Estou sendo honesta.

A campainha toca e meu coração acelera na esperança de que seja David, mas é meu pai. Mesmo assim fico feliz por ele vir se juntar a nós.

Assim que ele olha para a tela da televisão, faz uma careta engraçada e diz:

— De novo esse filme?

— Esse filme é muito bom — defende mamãe com o queixo empinado.

— É péssimo — critica, mas depois sorri e vai até ela, aconchegando-a em seus braços. Vejo-o dar um beijo estalado em sua bochecha.

Tem uma música que diz: "a gente briga, mas a gente se ama". Essa é a trilha sonora deles e acho que se entendem bem, mesmo que seja desse jeito.

— Sarah, está na hora de irmos dormir. — Ele finge um bocejo e cutuca minha mãe, que faz o mesmo.

Ergo uma das sobrancelhas e falo:

— Tudo bem, também tenho que dormir. O dia passou muito rápido.

Vou para o meu quarto, mas não antes de ouvir sons de beijos na sala. *Argh!* Pensar nos pais fazendo esse tipo de coisa é realmente perturbador.

Capítulo 18

Levanto-me para mais um dia de trabalho. Folgar foi uma coisa que eu estava precisando, sinto-me leve como há muito não me sentia. Ficar de bobeira por um tempo é bom, falta pouco para as minhas férias, vou poder aproveitar uns dias em algum lugar.

— Filha. — Minha mãe bate à porta.

Ao entrar, ela tem um sorriso no rosto que me diz, talvez, estar tramando algo.

— O que foi?

— Você tem visita.

— A essa hora?

Passo a mão pelos cabelos emaranhados pela noite de sono e olho para meu pijama. Não posso ver ninguém assim, com um short curto e camiseta cheia de flores.

— Vai assim mesmo, boba — sugere quando vê minha aflição.

— Não vou sair com roupa de dormir.

Então, meu cérebro ainda dorminhoco começa a agir é David quem está aqui... Não sei se entro em pânico ou se fico alegre. Estou em modo paradoxal novamente.

— Mãe, é um homem loiro?

Ela começa a sorrir e toca em meu ombro.

— Você verá.

Acho tudo muito estranho, mas decido ver com meus próprios olhos. Calço minhas pantufas e coloco o roupão por cima.

— Sarah, seu cabelo!

Paro na frente do espelho e percebo que meu cabelo está uma verdadeira bagunça. Vou até meu guarda-roupa e pego um elástico, faço um coque e saio.

O que me deixa ainda mais surpresa ao ver quem me espera, é que nem sequer cogitei essa possibilidade. Isso quer dizer que a fila andou, certo? O problema é que congelei, não consegui esboçar nenhuma reação. Ele olhou para mim e olhei para ele... então o vi sorrir e se aproximou.

— Oi —cumprimenta ele, e percebo que senti saudades da sua voz.

— O-oi — gaguejo.

Graças aos céus, meu pai aparece:

– Olha quem está por aqui! – Ele passou a odiar Pietro com todas as forças desde que desistiu do noivado.

— Vim visitar Sarah, mas pelo visto não escolhi a melhor hora.

— E nunca vai ser. — A voz do meu pai fica mais ríspida e sei que devo interferir.

— Calma, pai.

— Eu estou calmo.

— Queria falar com você a sós, posso?

— Claro, e você... — olho para papai — fique calmo.

Vou com Pietro até a escadaria do prédio. Como o meu pesadelo de muitos meses pode voltar assim, do nada?

— O que você quer?

— É assim que vai começar a nossa conversa?

Confesso que senti falta desse sorriso e rosto bonitos, e desses olhos negros, mas vê-lo depois de tanto tempo me faz perceber que Pietro não era a pessoa certa para mim. Estou em choque por constatar isso agora.

— Eu quero agradecer você – digo.

— Por quê? Primeiro você é grossa e depois me agradece?

— Percebi que terminar com você foi a melhor coisa que me aconteceu.

— Foi? Sua mãe disse que você entrou em depressão!

Minha mãe anda fofocando de mim para Pietro, mesmo sabendo que fiquei arrasada por causa dele?

— Você acabou o nosso noivado, isso foi um choque muito grande para mim.

Isso poderia ter destruído a minha carreira, porque eu deveria ter um marido para ser CEO, mas não quero dizer isso a ele.

— Me desculpe...

— Tudo bem, percebi que nós não nos encaixávamos mais. Tudo o que passamos foi muito bom, você sempre foi meu amigo, mas colocar nós dois em um relacionamento amoroso destruiu tudo.

— Não acho isso. — Ele segura meu braço e eu o puxo.

— Deveria ter notado que a nossa amizade valia mais, agora nem amigos somos mais.

— Eu gostei de você, de verdade.

— E por que só veio me procurar agora para ter essa conversa? Inclusive estou atrasada, ainda preciso fazer meu café da manhã.

— Sempre atrasada, pelo menos agora você se alimenta pela manhã. É um grande avanço. — Ele dá uma risada seca.

— Você não respondeu à pergunta.

— Senti sua falta nesses últimos quatro meses, quis muito ligar para você. Se não fosse sua mãe, eu teria ficado muito pior.

— E por que não me procurou?

— Não tive coragem, e tudo ainda estava muito recente.

— Você me deu muito tempo para pensar, eu até tive esperança no início, mas agora...

Então, ele faz a pior coisa que poderia fazer: segura meus ombros e, tão rápido quanto um piscar de olhos, me beija; um beijo tão monótono quanto os outros que sempre me deu. Eu me afasto e dou um tapa na cara dele. Quem Pietro pensa que é para voltar dos mortos e me beijar?

— Eu superei você, acho bom que faça o mesmo.

— Sarah...

— Não tem essa de "Sarah", me esqueça e nunca mais me procure! Que tola fui em pensar que ainda poderíamos ser amigos.

Saio pisando duro até minha casa e, depois que fecho a porta, apoio-me nela. Sem forças, escorrego até o chão.

Meu dia começou péssimo pelo visto.

Capítulo 19

Passam-se dias desde o ocorrido com Pietro e me concentro no trabalho. Sinto-me bastante triste porque não vi mais David, até pensei em ir visitá-lo, mas não quero atrapalhá-lo se estiver fazendo algo importante.

Minha mãe disse que se sentia uma péssima pessoa por ficar contando sobre a minha vida ao Pietro, mas não pediria desculpas porque "o rapaz" estava muito triste".

Minha encomenda chega e fico imensamente feliz por poder colocar meu plano em prática. É hora de deixar os sentimentos de lado e me preparar para o pior.

Quando chego à empresa e vou até minha sala, percebo que Júlia está um pouco no mundo da lua. Não comento nada, até porque não me interessa a vida pessoal dela.

— Marquei uma reunião para hoje, porque você disse querer apresentar o projeto.

— Não disse que era para ser tão em cima da hora!

Como ela pôde fazer isso e me contar depois? Ela quer que eu seja demitida por incompetência? Claro que isso não aconteceria, mas, mesmo assim, ela é a minha secretária, não pode tomar decisões por mim.

— Me desculpe, não queria atrapalhar você.

Fico com pena da garota, acho que fui grossa demais. É porque minha cabeça está pilhada nos últimos dias. Estou tão ansiosa que nem durmo direito, tive que passar um reboco na cara hoje, as olheiras estão me matando.

— Não tem problema, só quero que me avise antes.

Começo a procurar os papéis do projeto. Como sou muito metódica, organizo em planilhas todos os temas e projetos loucos de minha cabeça. Os mais interessantes, imprimo e trago para essas reuniões.

Acho um projeto bobo sobre promoções progressivas e o levo para a reunião. Por sorte, tudo é um sucesso e a ideia é considerada boa. Em breve, colocaremos o plano em ação, fazendo muitos leitores felizes por aí.

No caminho de casa, decido passar pelo shopping para fazer a mudança de estilo que ando planejando há um tempo. A primeira loja que vou é a de peças íntimas. Estou realmente precisando de umas *lingeries* novas e acabo pegando cinco de cores diferentes, a preta é linda e já estou louca para usá-la.

A segunda loja vende uns vestidos com estampas florais e penso em qual foi a última vez que usei um desses, acho que quando era adolescente.. Levo dois de ombro a ombro para ficar com um ar mais sexy. A terceira apresenta uma variedade de calça jeans skinny e levo tantas que nem consigo contar, jeans é uma peça fundamental.

Quando entro na quarta loja, já estou me sentindo muito feliz. Ir às compras muda meu humor, preciso fazer isso mais vezes. Realmente estava morrendo pelo trabalho que consegui e não estava vivendo minha vida... Até que as decepções nos dão umas boas lições, viu?

— O que deseja? — aborda uma moça com a cara fechada, mas não posso julgar. Não sei como foi o dia dela, ou se está passando por uma má situação...

— Acho que só faltam blusas para completar minha coleção nova de roupas. — Tento sorrir, mas ela continua séria como se eu fosse o problema. Ainda assim não falo nada.

Ela vai até uma parte com blusas de todos os modelos, cores e estampas. Fico impressionada e saio pegando muitas delas, tantas que nem preciso provar; sei que ficarão boas em mim e não gosto de gastar tempo em um provador.

Vou para casa feliz da vida, pensando em um jeito de colocar a isca no anzol para pegar o peixe de jeito.

Capítulo 20

Logo que entro em casa, percebo que a lâmpada de meu elaborado lustre queimou e nunca aprendi a trocar. A verdade é que nunca precisei, pois Bruno era quem me ajudava. Agora que ele se mudou, só há uma pessoa que pode me ajudar, e era realmente quem eu queria ver essa noite.

Jogo as compras em cima da minha cama enorme, vou tomar meu belo banho e me arrumar. Coloco "Our song" e canto loucamente no banheiro, sim, eu amo Taylor Swift. Ela tem as melhores músicas românticas do mundo.

Escolho uma blusa rosa de decote ombro a ombro e um short jeans bem justo. Minha barriga fica um pouco à mostra, mas essa é a intenção. Tento arrumar meu cabelo em uma trança, porque está uma bagunça hoje, passo um *gloss* labial e estou pronta para a guerra.

Vou até a porta do apartamento de David e bato levemente.

— Um momento!

Aguardo por, pelo menos, um minuto e fico olhando minhas unhas grandes enquanto isso. Já imagino se David vai gostar delas pelo seu corpo. Rosto... eu quis dizer rosto. Ah, acho que piorou!

Tudo bem, sinto-me muito atraída por ele, mas a verdadeira intenção é descobrir se está envolvido com as fraudes em minha empresa, certo?

David abre a porta e sorri para mim, o que faz meu coração acelerar, mas, dessa vez, por um bom motivo.

— Pode entrar.

Entro um pouco tímida, Meus pensamentos estão a mil e considero desistir dessa ideia maluca de caneta espiã. Talvez deva apenas me dar uma chance de ser feliz, mas estou com muito medo de que minhas suposições estejam corretas.

— Vim lhe pedir um favor... — Cruzo os braços, fazendo o volume dos meus seios aumentarem e ele olhar descaradamente para meu corpo.

— Pode pedir — Seu tom malicioso me faz morder a bochecha para não sorrir de satisfação.

— Minha lâmpada queimou e não tenho ideia de como trocar. Meu antigo vizinho sempre fazia isso por mim.

O sorriso dele esmorece um pouco, mas David assente e se aproxima um pouco mais de mim, fazendo meu sangue ferver. Tento pensar em algum comentário para disfarçar, mas meu cérebro congela quando estou perto dele... Aquela conhecida chama dentro de nós volta a se instalar com grande intensidade.

Ele estende a mão e pega algo, depois vira como se nada tivesse acontecido. Quando vê que não saí do lugar, fala:

— Você vem?

— Claro.

Seguimos para meu apartamento e a sala ainda está escura, mas nem tanto por ser iluminada pela cozinha.

— Vou pegar a lâmpada. – Vou até a pequena despensa em minha cozinha, pego uma lâmpada fluorescente, porque penso na conta de luz no final do mês, e volto até David.

— Amanhã é seu aniversário?

Ele observa o meu calendário de flores e o arranco de sua mão. Sei que não é muito educado, mas ele também não foi quando pegou o que não lhe pertence.

— É só uma coisa boba.

— Não é, você está ganhando um ano de vida.

— Perdendo, porque passou.

— Que seja, é uma data para comemorar.

— Não tenho motivos para comemorar!

— Como assim? Você é bem-sucedida, inteligente, bonita, deveria agradecer todos os dias por tantas coisas boas que acontecem a você..

— Você está parecendo a minha mãe falando.

— Ela é uma mulher sábia.

— Tanto faz, aqui está a lâmpada nova. — Entrego a ele e vou buscar a escada.

Quando volto ele está com seu celular e, rapidamente, o coloca no bolso ao me ver. Não sei se estou imaginando coisas, mas acho que ele está um pouco desconfiado. Ele sobe na escada e troca a lâmpada com agilidade, talvez, talvez fazer isso seja mais fácil do que eu imaginava.

— Pronto, vizinha.

— Obrigada.

Ele desce e olha fixamente para mim, o que faz meus nervos começarem a ficar à flor da pele e aquela tensão habitual crescer no ambiente.

— Queria dizer que gostei daquele dia...

Minhas pernas começam a ficar fracas e sinto medo de falar algo que estrague tudo, então o deixo continuar:

— Sei que você acabou um noivado e por isso não quer nada agora, mas posso ser seu amigo, Sarah.

Sinto o coração aquecer. Sei que não dá para sermos amigos, não depois do que houve. Só de lembrar os detalhes, algo cresce dentro de mim, sinto vontade de passear minhas mãos em seu queixo definido.

— Nunca poderemos ser amigos — digo e umedeço os lábios.

Ele olha para a minha boca não consigo e nem quero me controlar. Quebro a distância entre nós e colo minha boca na dele... É como se eu fosse fósforo branco e ele o oxigênio, minha pele queima a cada toque. Sua mão já está em minhas costas, fazendo com que me aproxime dele ainda mais.

A outra mão de David sobe por baixo da minha blusa e toca a minha cintura. O contato não deveria ser sensual, mas é, e jogo a cabeça para trás.

— Quarto — digo num ofego, e e ele sorri.

— Gosto de saber que deixo você sem fôlego.

Dessa vez, sou eu quem acaba sorrindo quando, a passos largos, vamos até o quarto. Antes de irmos para a cama, ele me coloca contra a parede e me explora com as mãos, depois intensifica os beijos. Sua língua brinca com a minha enquanto tiro sua camisa branca.

Vejo uma pequena tatuagem em seu tórax e a acaricio com o polegar quando nos deitamos. Aposto que nunca vou me cansar desse homem! Ele é como uma canção favorita da qual nunca enjoamos.

Não percebi quando dormi, só sei que descobri que as noites podem ser mágicas se David estiver ao meu lado. Vejo algumas frestas de luz passando pela cortina bege, mas fico com preguiça de me levantar. Todos os funcionários ganham folga em seu aniversário e, pela primeira vez, estou feliz por envelhecer. Eu me apoio no cotovelo e fico olhando para David.

— Ei — diz David abrindo as pálpebras devagarzinho e olhando para mim. Que olhos lindos ele tem, parecem dois incríveis topázios.

— Oi, quer comer algo?

Ele me encara com malícia e sei o que está pensando.

— É sério! – Dou um tapa em seu ombro.

— Eu que deveria fazer, já que é o seu aniversário, certo?

— Talvez, mas estou gostando de cozinhar coisas saudáveis.

— Isso é bom, assim não vou ter que salvar você por estar doente.

— Não estava doente!

— Ok, você só desmaiou, nada demais. — Ele revira os olhos.

— Tudo bem, estava doente e agora estou indo preparar um café da manhã para mim.

— Só para você?

— Claro.

Faço uma careta e, muito a contragosto, vou para a minha cozinha espaçosa. Não antes de David segurar meu pulso e me puxar para um beijo casto na boca. Pego os ingredientes para fazer a lasanha de espinafre, que apelidei de lasanha verde. Parece ser algo divino pela receita, mas, particularmente, não sei se gostarei tanto.

Quando estou cozinhando a massa, lembro que minha mãe sempre vem me visitar no meu aniversário e entro em desespero. Como se percebesse o momento certo de aparecer, David sai do quarto apenas de bermuda e solto um suspiro... Meu coração parece uma pista de dança e estou muito agitada.

— Você tem que ir embora!

— Está me expulsando?

— Me desculpe, meus pais vão aparecer a qualquer momento e não vão curtir muito a ideia, entende?

— Entendo, sim. Eu precisava ir embora mesmo, tenho uma coisa para fazer.

Ele não parece triste nem nada, é como se realmente quisesse ir embora, e isso me deixa um pouco afetada de certo modo.

— Vou guardar um pouco dessa lasanha verde para você, se quiser... — Fico um pouco hesitante. Acabamos de passar a noite juntos, não quero pressioná-lo a nada ainda.

— O quê?

— Nada, era besteira.

Meu celular toca e corro até perto de onde David está para atendê-lo. Como imagino, é minha mãe.

— Estamos chegando, parabéns!

Olho uma última vez para David, que se aproxima de mim com um sorrisinho bobo no rosto e beija meu ombro. O gesto me faz ter que me conter para não beijá-lo.

Caramba, ele é uma tempestade e eu sou um castelo de cartas, estou devastada!

— Obrigada, estou preparando algo.

— Oba, sei que vou amar.

Desligo e vejo o homem que acelera meu coração sair pela porta com a blusa no ombro. Percebo que ele não se preocupa muito com a boa forma. Sua barriga é levemente chapada, mas é magro. Eu gosto disso! Ele é o oposto de tudo o que gosto, mas a atração que sentimos é incrível e, não sei por que, funcionamos juntos.

Capítulo 21

Quando minha mãe chega, minha cozinha está uma bagunça e estou colocando a lasanha já montada no forno.

— Parabéns, querida. — Ela se aproxima de mim e me dá um caloroso abraço, seu perfume forte me atinge e eu tusso.

— Obrigada, mas, mãe, você precisa usar menos perfume.

Os perfumes da minha mãe acabam rapidamente por usar demais. E não estou brincando, quando ela começa, não para mais.

— Ah, me deixa! O que está fazendo?

— Lasanha de espinafre.

Dou um sorriso com a careta que ela faz. Meu pai, que estava olhando um dos porta-retratos em minha estante, se aproxima. Nem tinha percebido que ele estava com um pequeno buquê de girassóis. na mão.

— Parabéns, filha. — Recebo as flores e fico emocionada, ele sabe que são minhas favoritas.

— Obrigada, agradeço bastante por ter vocês em minha vida.

Os dois me dão um abraço duplo e me sinto a pessoa mais feliz do mundo. Acabo me lembrando de que ontem não deixei a caneta na casa de David, estava distraída demais com a beleza dele para lembrar.

Não sei se o verei hoje, já que ele tinha algo para fazer, talvez com uma daquelas modelos com quem sempre anda. Só sei disso porque estava por aí e vi em uma revista... Tudo bem, eu vi diretamente na página do Instagram dele ao pesquisar as fotos em que foi marcado.

— Nós que agradecemos por ter uma filha como você, Sarah, você é muito importante para nós.

— Até porque sou a única, né?

— Não por isso — reclama meu pai e me dá um beijo na testa.

Os olhos dele com algumas rugas me fazem pensar em como eu ficaria se meus pais fossem tomados de mim, com certeza não suportaria. Só de pensar nisso fico com vontade de chorar. Eles são tudo para mim, tirei a sorte grande quando nasci e agradeço a Deus por isso.

— Agora vou dar uma olhadinha na lasanha.

Esboço um sorriso e eles entendem que quero ficar sozinha. Meu coração está muito acelerado hoje e, por incrível que pareça, quando estou com David fico mais tranquila. Isso prova que aquela pesquisa sobre beijos realmente estava correta... David é meu calmante natural, dormi tão bem com ele quanto nunca mais havia feito e isso me deixa feliz.

A lasanha ainda está crua e fico uns bons minutos refletindo sobre a vida e, sobre como tenho medo de tantas coisas. Mesmo sendo bem-sucedida, muitas coisas ruins passam pela minha cabeça. Sempre penso que tudo vai dar errado, mas por mais louco que isso pareça para mim, dá certo e fico feliz como se tivesse nascido para aquilo.

Como se adivinhasse, David manda uma mensagem. É uma foto dele fazendo uma careta e reconheço o lugar, ele está no shopping. Está tão bonito que sua infantilidade me rouba um sorriso. Respondo à mensagem com uma foto minha toda descabelada e com o rosto melado.

Continua linda.

Sinto uma alegria enorme invadir meu peito, é tão bom ter alguém para conversar sem ser seus pais. É como se eu realmente tivesse um amigo novamente e tenho medo de que aconteça a mesma coisa que aconteceu com Pietro... Vai que a gente entre na rotina e tudo perca essa graça? Penso nisso praticamente toda a manhã.

Meus pais amaram a lasanha, disseram que nem perceberam ser de espinafre. Sinto-me tão feliz por esse dia estar sendo muito lindo. Vou assistir ao *Speak Now* e, claro, não fico parada. Quando começa a tocar "Sparks fly" danço feito uma maluca e, depois que a música acaba, penso no que farei no resto do meu dia. Talvez eu peça um bolo para mim ou vá comprar um porque já estou ficando um pouco entediada de me manter em casa sem fazer nada.

Ao me vestir percebo que realmente amando meu novo visual, essas calças *skinny* me deixam com uma autoestima bem elevada. Coloco uma *t-shirt* bem folgada, porque quero ficar confortável e bonita. Meus cabelos estão um arraso hoje, cachos definidos caem sobre meu rosto e me sinto mais jovem, mais bonita.

Quando estou saindo, vejo minha vizinha do apartamento ao lado com um sorriso enorme no rosto.

— Olá — digo educada.

— Oi! Você já sabe que o rival da sua empresa está morando no apartamento em frente ao seu?

— Sim, por quê?

— Achei que vocês eram inimigos ou algo do tipo.

— Claro que, não. Isso não nos impede de ter algum tipo de amizade.

— Você é amiga daquele gato?

— Não quero falar sobre isso.

A mulher se anima e sorri abertamente.

— Me passa o número dele?

— Não farei isso. Preciso ir agora, é meu aniversário.

— Ah, então é por isso que tem uns *paparazzi* lá embaixo.

Reviro os olhos. É sempre assim, essas pessoas não têm outra coisa para fazer além de ficarem invadindo o direito da imagem dos outros? Isso é horrível, sério! Volto para o apartamento e pego um moletom para cobrir o rosto e sair em paz, ou quase isso.

Ao deixar o prédio, um deles me reconhece e eu praticamente corro até o estacionamento. Entro em meu carro que, por sorte, tem os vidros escuros.

Checo meu celular como se isso fizesse alguma mensagem aparecer, mas só há algumas notificações do Instagram. São apenas marcações bobas e algumas pessoas me parabenizando. Esse é o lado bom de ser uma figura pública...

Compro algumas fatias de torta de morango, porque mereço e tenho seguido à risca a dieta. Hoje é o meu dia e vou comer torta até enjoar.

Quando volto para casa, os *paparazzi* já foram embora. Talvez tenham desistido de me esperar, ainda bem.

Enquanto como, coloco uma *playlist* bem legal no *Spotify* e vou ver umas publicações em que fui marcada. Várias pessoas fizeram montagens minhas e alguns textos me emocionam a ponto de eu chorar. O carinho dessas pessoas é demais para mim.

Escrevo um texto agradecendo as mensagens e até mando uns corações via *direct*. Sei como é importante ser notado por alguém que você admira, o melhor da vida é que coisas boas podem acontecer com você quando menos imagina.

Está tocando "Today was a fairytaile" e, realmente, acredito que isso pode ser verdade.

Capítulo 22

A campainha toca e me levanto do meu sofá de couro. Instintivamente, passo a mão pelos cabelos, agora um pouco mais bagunçados, mas ainda muito bonitos, para atender à porta.

— Achei que poderia fazer uma surpresa para você — diz David com um buquê enorme de rosas brancas e cor-de-rosa, o que me faz lembrar da primeira dança que tivemos. Ainda guardo aquela rosa, está em meu livro favorito como um marcador de página.

— Estou realmente surpresa — falo quando ele me passa o buquê mais fofo que já vi na vida. Nunca ganhei buquê de ninguém além do meu pai, nem quando fui pedida em casamento. Caramba! Por que estou pensando nisso agora? Vou parar de comparar o passado com o presente.

A única certeza da minha vida nesse momento é que rosas brancas são o nosso símbolo, David sempre está me dando uma.

— E tem mais. — Ele está com a mão nas costas e o convido para entrar.

Quando fecho a porta, vejo-o segurando uma caixa que não faço a mínima ideia do que seja, mas não é tão grande e isso elimina muita coisa. Agora estou bastante curiosa para ver o que é.

— O quê?

— Você vai precisar escolher um filme para ver primeiro.

— Como assim?

— Você só vai ganhar esse presente se assistir a um filme comigo, fácil.

Coloco a mão vaga na cintura e reviro os olhos. Conheço David o suficiente para saber que não vai desistir da ideia, então acabo concordando e vou até a cozinha colocar as flores na mesa americana.

Ele está com aquele sorriso bobo no rosto quando volto. Seus cabelos parecem mais escuros do que o habitual e me pergunto se ele pintou ou fez algo.

— Pronto, quais são os filmes?

— "Star Wars" ou "O espetacular Homem-Aranha".

— Qual "Star Wars"?

Ele se senta no sofá e cruza as pernas. Faço o mesmo, mas um pouco distante dele. Não quero que aquele clima se instale em nós e, quando estamos muito próximos, é isso que acontece.

— O primeiro.

— Então, prefiro "O espetacular Homem-Aranha".

— Você não gosta de "Star Wars"?

— Não é muito a minha praia, sabe?

— Você está muito encrencada, sou um grande fã.

— É, bem que você tem uma cara de *nerd* mesmo. — Coloco o polegar e o indicador no queixo, como se o estivesse analisando, e ele joga uma almofada em mim. — Ai!

— Você mereceu.

Jogo a almofada de volta e ele a agarra, depois se aproxima mais de mim e percebe o pratinho na minha mesinha de centro.

— Tem torta por aqui?

— Talvez.

— Eu quero! E traz lasanha também, porque você prometeu.

Lembro-me da nossa conversa e parece que aquilo foi há uma eternidade. Estou muito ansiosa para saber o que ele comprou para mim. Levo dois pratinhos para ele e volto para pegar o meu, acompanhado de duas latas de refrigerante.

David coloca o filme no meu computador e para a TV pelo cabo HDMI. Acompanho seu movimento quando se aproxima e se senta ao meu lado. Nossos ombros se tocam, mas finjo prestar atenção ao filme que, depois de meia hora, começa a ficar interessante. Acho que prefiro esse a outro do Homem-Aranha.

Quando penso que tudo está bem, David passa o braço pelo meu ombro. Meu coração começa a acelerar, porque sinto ainda mais seu perfume e arrepios florescem por dentro.

Tento prestar atenção no filme depois disso, mas fico com medo de que qualquer movimento que eu faça o afaste de mim, então me mantenho praticamente imóvel.

Depois do que parece ser uma eternidade, o filme acaba e fico muito empolgada com a chance de descobrir qual será meu presente.

— E então, pode me passar o presente.

David dá um sorriso e posso ver faíscas saltitarem para fora de seus olhos. Pega a embalagem e me dá, observando-me um pouco apreensivo.

— Espero que goste.

— Já gostei.

Abro e, quando vejo o que é, dou um pulo para abraçá-lo. Nunca ninguém fez para mim algo tão original quanto esse "*nerd*". Ele demora um pouco para responder ao meu abraço, mas depois me aperta contra seu corpo e faz pequenos círculos com o polegar em minhas costas.

— É tão estranho eu estar no meu aniversário com o CEO da empresa rival.

Ele se afasta de mim e sorri.

— Às vezes coisas estranhas acontecem, mas faço esse sacrifício por você.

— Eu que estou fazendo isso por você, já que me fez assistir ao Homem-Aranha, ainda não acredito nisso.

— Gostou mesmo? Você nem tirou da embalagem para testar.

— É que estou realmente muito empolgada e quero que esse momento dure para sempre.

— Para sempre é muito tempo, não acha?

— Não.

Quando tiro a câmera fotográfica da caixinha, vejo que é profissional e deve ter custado caro.

— Não precisava.

— Queria lhe dar algo do qual pudesse se lembrar.

— Mesmo se você me desse uma simples pulseira, eu me lembraria de você.

Ao ouvir isso, David se aproxima de mim e segura meu queixo, dando um leve beijo em minha boca Esse beijo não tem aquele fogo envolvido, é apenas carinhoso e isso me deixa mais feliz do que pensei, mas ainda não sei se estou pronta para me envolver com alguém novamente.

Preciso ter certeza de que ele é de confiança.

— Quero testar a câmera, não se mexa! Vou tirar uma foto sua — peço, e ele se afasta um pouco mais de mim ao entender que não quero falar sobre nada mais sério hoje.

David faz uma pose tão engraçada que tento prender o riso para não embaçar a foto, mas é em vão. Ele aparece com a mão atrás da cabeça, franzindo o cenho em um borrão.

— Olha isso, vou guardar!

— Apaga isso – pede ele.

Eu balanço a cabeça.

— Você é um modelo muito bonito, David.

— Se não apagar por bem, vou apagar por mal.

— Não vou.

Ele tenta pegar a máquina de minhas mãos e, por ser mais alto e rápido, acaba conseguindo e excluindo a foto.

— Você é um chato!

Antes de me devolver, aponta a câmera para mim e tira uma foto. Dou um sorriso bem aberto e sei que fiquei ridícula, mas até acho que pareço mais jovem quando vejo o resultado.

— Quero pedir uma coisa bem estranha a você.

— Pode falar, esquisito você já é.

— Amanhã vou escolher a cor da parede da minha sala. Queria que você a pintasse comigo.

— Esse foi um pedido estranho, de fato.

— É sério, pelo visto você tem um gosto incrível para decoração. — Ele aponta para as paredes pintadas de um tom roxo-escuro, combinados a uma cor creme bem clara.

— Tudo bem, mas só posso na parte da tarde. Como imagina, terei que trabalhar e estou com uns projetos em ação, então...

— Entendo, lembre-se de que estou no mesmo nicho ecológico que você.

— Que coisa estranha de falar. Você é mais esquisito do que pensei, David — comento brincando.

— Você ainda não viu nada... — Ele devolve no mesmo tom.

— Eu ajudo você. Estarei com o celular o dia inteiro, então é só mandar uma foto se precisar.

— Obrigado.

Levanto-me para colocar o presente em algum lugar onde não possa derrubar. David se levanta em seguida e sei que irá embora.

— Fiz alguém feliz hoje — diz e realmente fez.

Ele não faz ideia do quanto estou animada com os outros dias em que o verei e sua casa. Parece uma ideia muito maluca fazermos isso juntos, mas o que não aceitamos quando gostamos de alguém?

— Ganho um beijo de boa-noite? – pergunta.

Não respondo, apenas me aproximo e, com um pulo, passo as pernas por seu quadril. A chama habitual entre nós se espalha como um incêndio e sua língua atrevida brinca com a minha em sincronia. Depois de algumas mãos-bobas, deixo-o sair da minha casa com um sorriso satisfatório e os lábios inchados. Tenho certeza de que ele é um reflexo de como estou agora.

Capítulo 23

Acordo feliz da vida, pronta para mais um dia, e agradeço aos céus por estar viva. Recebo uma mensagem da minha mãe, que ama mandar uns textos para me animar.

> Nem todos os dias são bons,
> mas há algo bom em cada dia.

Não consigo parar de sorrir, minha mãe é uma fofa. Respondo com um coração enorme e pulsante. Como amo meus pais!

Visto o terninho de sempre, acompanhado do meu *scarpin*, e vou preparar meu café da manhã. Decido comer a lasanha de espinafre e levar o restinho para o meu almoço, porque preciso atualizar alguns projetos e hoje é o melhor dia para isso.

Quando estou no péssimo trânsito de São Paulo, ouvindo o álbum "1989" de Taylor Swift, recebo uma mensagem de David desejando-me bom-dia com uma carinha feliz. Respondo-o desejando o mesmo e outra carinha feliz, porque achei demais mandar um coração. Ele me acharia uma abandonada carente que, pensando bem, talvez eu seja.

Quando finalmente chego à empresa, uma garota de cabelos curtos e castanhos se aproxima de mim com uma expressão assustada.

— Júlia estava procurando por você — avisa ela.

— Tudo bem — respondo um pouco desconfiada e entro no elevador. Cada segundo que passo dentro daquele monstro de metal faz meu coração palpitar, mas agora tenho algumas lembranças boas, e elas me ajudam a chegar ao meu andar e encontrar uma Júlia pálida.

— O que houve?
— Por que você fez isso?
— O que eu fiz?
— A nossa maior fornecedora ligou e disse que foi muito mal atendida por você!
— Não faria isso, e você sabe muito bem disso.
— Olhe aqui.
Pego o iPad de sua mão e vejo a resposta da fonecedora em questão:

Se isso acontecer mais uma vez, vamos cortar relações com a empresa!

Não me lembro de ter enviado nada para eles, então vejo o e-mail que havia sido enviado por mim:

A qualidade padrão de vocês diminuiu drasticamente. Se não diminuírem o preço, vamos ter que procurar outros fornecedores.

— Eu não enviei isso! — falo um pouco ríspida, mas não me importo. Tem alguém querendo me destruir aqui dentro.
— Acho que você não lembra... — A minha secretária me dá um olhar de pena e fico ainda mais nervosa. Inspiro e expiro uma vez, mas nem isso ajuda. Estou tentando pensar claramente, mas meu coração bate a toda pilha.
— Pode me deixar um pouco só? — pergunto quase gritando e ela assente.
Penso ver o esboço de um sorriso, mas acho que estou enganada. Meio que gritei com ela, por que ficaria com ar de riso? Sento-me na minha cadeira e continuo encarando a mensagem. Alguém fez isso para sabotar a empresa mais uma vez... Será que David faria uma coisa dessas comigo? Ele não parece o tipo de pessoa capaz de algo tão baixo, mas talvez eu esteja avaliando-o com o coração, e não com a razão... E eu não sou assim.
Olho mais atentamente o e-mail e, agora que meus batimentos estão voltando ao normal, percebo algo que não notei antes; esse não é meu e-mail!
Meu endereço eletrônico começa com *Sarahb*, esse é *Sarahh*. É muito semelhante, mas sou atenta aos detalhes. Vou descobrir quem está fazendo isso comigo, e será muito em breve.
Recebo mais uma mensagem de David e, dessa vez, não fico tão animada. É uma foto com paletas de cores. Escolho um tom de azul-céu e ele ama minha sugestão, depois me manda uma foto sorrindo e relaxo um pouco.

David transborda esse carisma natural que poucas pessoas têm. Quando ele está no mesmo ambiente, as cores têm mais vida. Estou com medo de me perder nessa paixão.

Capítulo 24

Chego a casa e me jogo no sofá, cansada de tudo o que está acontecendo. Ao mesmo tempo me sinto feliz, porque sei que estou em um lugar de honra.

A campainha toca e tenho certeza de que é David, pois antes recebi uma mensagem dele. Sinceramente, não estou com muita vontade de ir ajudá-lo a pintar o apartamento, mas irei cumprir o que prometi.

— Oi — diz entusiasmado e o convido a entrar.

— Só vou tomar um banho e me trocar.

Ele olha para meu corpo de uma forma que faz meu rosto esquentar e, quando morde o lábio inferior, tenho que ordenar aos meus pés para sair do mesmo ambiente.

Tomei meu banho bem rápido, porque não queria deixá-lo esperando por muito tempo, mas, quando passei de toalha, ele estava tão distraído mexendo no celular que nem percebeu que fui para o quarto. Vesti uma minissaia e uma camisa larga que deixa um dos ombros à mostra. Se sujar, não tem problema.

Pego a caneta espiã e coloco no bolso da saia, a parte que fica fora é coberta pela blusa.

— Ficou com muito sono? — pergunto quando saio do quarto.

— Só um pouco. — Ele se levanta e guarda o celular no bolso. No momento em que pego sua mão estendida, sinto um conforto familiar se instalar em meu peito.

— Seus cabelos estão bonitos hoje.

— Obrigada.

Estamos saindo do meu apartamento e percebo um ferimento vermelho em sua bochecha. É como se sua pele estivesse irritada.

— Você viu como sua pele está aqui? — Toco levemente, ele fica sério e se afasta um pouco ao soltar minha mão. — Desculpe.

— Não tem problema, mas eu já havia visto.

David me deixa na sala e vejo meu momento perfeito para colocar a caneta embaixo do sofá. Quando volta com a tinta, já está com um humor diferente.

— Vamos? — O sorriso que dá-me faz esquecer seu estresse.

— Claro.

Nós começamos e estava tudo bem, até ele tocar o pincel na tinta e, em seguida, no meu rosto.

— Ei!

Faço o mesmo e logo estamos sujos de tinta azul. Só paramos no momento em que, "sem querer", cai tinta no chão, David se aproxima e beija minha bochecha melada de tinta.

Depois de um tempo pintando a parede, ele se vira para mim.

— Beijo de tinta — diz, e sei o que significa. Seguro sua nuca e lhe dou um beijo que começa tímido, mas que se intensifica ao ter suas mãos nos lugares certos... Perco a razão.

Quando nos afastamos sem fôlego, sei que já está na hora de ir para casa. Sinto-me em um clichê adolescente, mas a maneira que ele sorri para mim me faz querer arriscar tudo e me envolver nesse romance.

— Tenho que ir. — Olho bem para seus olhos azuis, tão bonitos.

— Me conte um segredo, Sarah.

Penso por um instante antes de contar um fato da minha vida a esse homem.

— Eu gosto de coisas simples, quer dizer, acho lindo quando vejo um casal comendo *hot dog* por aí. Parecem felizes com pouco.

— Sério?

— Sim.

— Vejo você em breve?

— Mesmo que você não queira.

David me dá um olhar de menino travesso e sorrio. Dou um último selinho nele e começo a me afastar completamente.

Assim que fecho a porta do meu apartamento, recebo uma mensagem de David.

> Acho que somos um desastre pintando paredes, vou chamar alguém para terminar o serviço.

Respondo que concordo, pois fizemos a maior bagunça na casa dele. Como a caneta que comprei filma em tempo real, decido abrir o aplicativo que instalei para ouvir o que David está fazendo agora ou, pelo menos, tentar.

Não escuto nada, apenas um ruído como se ele estivesse comendo algo. Logo depois, no entanto, ele recebe uma ligação e fico de ouvidos bem atentos.

— Ah, é você? Estou em casa. Quer passar aqui amanhã? Hum, então fico esperando. Queria falar com você, mas tem que ser pessoalmente... Nada a ver... Você é... Tchau.

Fico tão embasbacada que não tenho mais certeza de nada em minha vida. Ele está marcando com alguém mesmo depois de se encontrar comigo? Agora estou um pouco chateada e me sentindo tão burra quanto uma porta! Como fui me levar por um romance de adolescente? Isso foi idiotice, mas também há outra possibilidade. A ligação pode ser de alguém da empresa com quem trabalha e, talvez, eu descubra algo. De qualquer maneira, a verdade está mais perto do que imagino.

Capítulo 25

O dia começa cinza e imagino que meu humor esteja do mesmo jeito. Decido ir diferente para a empresa hoje, visto uma calça jeans e uma camisa social preta.

Recebo uma mensagem de bom-dia de David, mas ignoro e vou para a empresa com meus projetos em foco. Fico pensando se David nutre algum sentimento por mim ou se sou a única a me enganar a esse respeito.

Não consigo me concentrar em nada. Leio a mesma página várias vezes seguidas, é como se estivesse em grego e desisto quando fico com dor de cabeça. Minha mãe me manda uma mensagem e penso em lhe contar tudo essa noite. Que aquele homem que conheci está morando na frente do meu apartamento e toda a história que segue.

Chego um pouquinho mais cedo em casa, jogo meus sapatos para longe e me estendo no sofá, onde fico por alguns minutos. Foi tempo suficiente para ficar com a visão escurecida quando me levanto bruscamente.

— Você está bem? — Escuto a voz da minha mãe.

— Estou sim, fiquei um pouco tonta por me levantar rápido. Tem a ver com sangue e gravidade, melhor nem explicar.

Ela sorri e se aproxima, tocando minha testa com sua delicada mão.

— Acho bom você não estar inventando uma desculpa esfarrapada, mocinha.

— Não estou. — Cruzo os dedos, terminando o juramento com dois beijinhos.

— Por que me chamou aqui?

Sento-me no sofá e ela faz o mesmo. Penso duas vezes antes de começar a contar, mas minha mãe é a única pessoa a quem posso confiar essas bobagens.

— Tem um homem...

Minha mãe se anima e começa a bater palmas.

— Um homem, até que enfim.

— Mãe!

— Eu gosto quando você está feliz, embora gostasse muito daquele Pietro.

— Nós não vamos voltar! Tipo, nunca.

— É isso que me deixa triste, mas continue... Quem é esse homem?

— Meu vizinho...

— Aquele que tem a pele bronzeada?

— Não, ele se mudou. Você vai entender melhor depois...

— Está bem, conte.

— Ele é da Ventura's... — Paro a explicação quando minha mãe coloca a mão na boca, dramática. — Mãe! Ele é muito legal, só estou com medo de descobrir algo que não quero.

— Tipo, roubar alguma ideia sua?

— Isso...

— Querida, amar é se arriscar. Se você não se jogar, nunca saberá.

— *Touché.*

Ela me dá um abraço e um beijo na testa. De repente, lembro-me da câmera! Agora posso saber se David realmente gosta de mim ou se é apenas um bom ator.

— Tem outra coisa, coloquei um tipo de caneta espiã ultramoderna na casa dele...

— Sarah, isso dá processo! Você sabe disso, certo?

— Sei, mas eu queria muito saber...

— E o que descobriu?

— Bem, ainda não vi.

Pego o celular e vejo a gravação. Adianto um pouco, porque não tem som algum. Quando a câmera muda de cor, sei que é porque amanheceu. Adianto mais até ouvir passos e a porta se abrindo.

— *Estava com saudade.*

— *Não parece, não fomos mais ao café...*

Minha mãe me lança um olhar enviesado e sei que está se sentindo mal por fazer isso, mas não posso voltar atrás agora que cheguei até aqui.

— *Estava ocupado, falei a você sobre a mudança.*

Ocorrem sussurros, mas logo após reconheço a voz de Megan:

— *Você é louco mesmo, não esquece que sempre acaba se magoando desse jeito.*

— *Eu ajo por impulso, prefiro quebrar a cara tentando.*

Olho para minha mãe como se perguntasse "do que eles estão falando?". Ela responde com um dar de ombros.

— *Eu até gosto dela, mas talvez não seja uma boa mudar para: hora* – reclama Megan.

— *Nós estamos nos dando muito bem.*

— *Ela acabou um noivado há cinco meses, David.*

Congelo, ele está falando mesmo de mim, não estou enlouquecendo. Meu coração está muito acelerado e sinto-me feliz, é como se eu fosse uma espiã e a melhor parte é que ganho o homem.

— *Eu sei, mas não posso lutar contra meus sentimentos.*

— *Eu entendo, mas o que houve? Você parece estar apaixonado.*

— *Não sei se é paixão, você sabe como meus sentimentos são confusos, mas assim que a vi... Não sei, algo aconteceu, aqueles olhos castanhos... Não somos iguais, mas combinamos de muitas maneiras.*

— *Daquela maneira?*

— *Também, e ela é incrível. Sabe o quanto eu acho sexy uma mulher inteligente.*

— *Você já contou para ela sobre a doença?*

— *Claro que não! Depois que conto, as pessoas me olham de outro jeito.*

— *Tem que contar...*

— *Eu sei, mas quero que ela me conheça melhor antes.*

— *David, conte o mais rápido possível. Se estivesse no lugar dela, também desejaria saber.*

Não houve resposta e agora estou imaginando milhares de coisas, tipo, será que é doença venérea? Ai, meu Deus, se for isso, estou perdida e provavelmente doente! Li em algum lugar que, às vezes, mesmo com camisinha podemos contrair DST. Acho que minha mãe pensou o mesmo que eu, porque está me olhando com uma careta estranha.

— Vocês usaram? — pergunta como se adivinhasse meus pensamentos.

— Claro!

Interrompo o aplicativo, não quero mais saber de nada. Acho que ele me diria se tivesse alguma DST, então devo ficar preocupada com sua saúde e fazer David saber que pode contar comigo. Uma vez na vida quero seguir meu coração, mesmo que seja quebrado em mil pedaços depois. Tenho que arriscar tudo por um amor, ou uma paixão... Estou muito confusa nesse exato momento para discernir, peço licença para minha mãe e vou até o apartamento da frente.

Bato à porta do meu vizinho gato e ouço passos preguiçosos se aproximando. Quando vejo David, jogo-me em seus braços e lhe dou um beijo daqueles de tirar o fôlego. A expressão em seu olhar é de pura confusão.

— Acho que alguém estava com saudades...

— Estava, sim, e já que estamos em um momento "loucura", vim propor algo a você.

— O que...? — Quando ele começa a falar, coloco o indicador em seus lábios macios.

— Quero que você fique alguns dias de férias comigo, será que pode? — falo tão rápido que acho pouco provável que ele tenha escutado.

— Sério?

— Sim. Estava pensando em viajar, mas não queria ir sozinha, David.

— Quantos dias?

— Três, talvez...

Talvez sejam mais, mas não quero falar ainda.

— Para quando?

— Final do mês.

A cada pergunta que ele faz, fico mais animada. Não acredito que David está concordando com a minha loucura.

— Hum... Acho que tenho uns dias em haver, posso folgar mais alguns.

Suspiro e percebo que a mancha em sua pele está um pouco maior. Será que ele tem alguma doença de pele?

— Só não decidi o lugar...

— Por favor, nada de lugares litorâneos.

— Ah, eu já estava pensando em vários. — digo brincando, mas ele está sério e fico um pouco preocupada.

— Eu tenho que contar uma coisa, Sarah...

Fico nervosa. Depois de ouvir aquela gravação e saber que ele sofre de alguma doença, não sei se estou preparada para encarar isso ainda.

— Pode contar, não vou a canto algum.

David aproxima o rosto do meu e cola a testa à minha. Instantaneamente fecho os olhos e sua mão faz carinho em minhas costas.

— Acho que estou gostando de você.

— Ah, é isso? — pergunto um pouco decepcionada.

Ele se afasta o suficiente para olhar em meus olhos, como se assim fosse conseguir uma abertura para a minha alma.

— O que esperava ouvir? Acho que não sente o mesmo...

— Não, pelo contrário, eu gosto de você! É um homem incrível. — Passo a mão em sua nuca e seu corpo estremece. Levemente, seus lábios se abrem um pouco e David começa a se aproximar novamente, dando-me um beijo.

— Você é tão sexy. — Suas mãos atrevidas entram em minha blusa e minhas pernas perdem força para esse sentimento que nasceu em mim repentinamente. Queria que todo mundo tivesse uma paixão como essa, que me consome e faz o meu coração acelerar de uma forma boa.

Nós nos beijamos... Viramos sódio e água, combustão instantânea, algo que nunca havia experimentado em toda a minha vida.

— Que tal, Gramado? — falo, quando me afasto de seus beijos, um pouco ofegante.

— Rio Grande do Sul?

— Sim, dizem que é muito bom e não queria sair do Brasil. Há lugares bonitos por aqui.

David enrola um fio de meu cabelo em seus dedos e depois o coloca atrás da minha orelha.

— Pode ser.

Dou um gritinho de animação e o abraço, estou feliz como nunca estive. Acho que é isso o que a música "Olha o que o amor me faz" tenta explicar. É um sentimento tão bom, uma emoção tão profunda que temo que um dia diminua.

— Obrigada.

Ele me rouba mais um beijo antes de me levar até seu quarto. Disse que já estava quase pronto e, quando entro lá, é muito diferente do que vi na última vez. Pôsteres de Batman e Star Wars decoram o ambiente. Sabia que David fosse um *geek*, mas não imaginava que era tanto assim. Solto uma risada e recebo um olhar torto.

— Minha querida Sarah, perdoe meu jeito peculiar, mas creio que terá que me aceitar.

— Que linguajar culto.

— Eu tento. — David pega minha mão e dá um beijo demorado nela.

Vejo uma prateleira de *funkos*[2] enfileirados meticulosamente como troféus. Achei a princesa Leia, alguns personagens do Harry Potter e muitos outros. Em outra prateleira há livros, não consigo conter a curiosidade e me aproximo.

— Eu gosto de romance policial — diz ele. Pego um livro bem extenso de sua estante, folheio algumas páginas com interesse e, ao ler a palavra morte e sangue em excesso, fecho-o para colocá-lo no lugar.

— Prefiro romance, ainda bem.

— Isso magoa meus sentimentos, senhorita Borges.

— Isso não o torna um maníaco do parque, né?

— Claro que não — responde cinicamente e me aproximo para tocar seu cabelo.

— Você é tão bonito, isso é injusto!

Ele me fita como se houvesse algo que não estivesse se encaixando muito bem e semicerra os olhos.

— Pensando bem, por que você veio me procurar a essa hora, tão de repente?

Eu me afasto um pouco e viro de costas. Seria muito complicado falar a verdade, então, obviamente, tenho que inventar alguma desculpa bem rápido! Para a minha sorte, faço isso quase o tempo todo.

— A vida é curta demais e senti uma vontade incontrolável de vir aqui, agi errado?

David vira-me para si e percebo por sua expressão que está se sentindo mal, mas foi a única coisa que consegui pensar nesse momento.

— Me desculpe, sou muito desconfiado e obrigado.

— Não precisa se desculpar. — Espalmo a mão em seu peito levemente malhado e lhe dou meu melhor sorriso, temendo estar com a palavra "culpada" na testa.

— Quando estou com você é como se eu rejuvenescesse uns 10 anos.

— Sei disso, porque me sinto da mesma forma.

Nossos olhares estão em grande conexão, mas agora não tenho medo de que ele possa desnudar minha alma. É dele, se ele quiser.

— Espero que não desista de mim tão cedo.

— Não vou. — Dou um beijo em seu pescoço e a expressão em seu olhar muda.

— Tenho que alertar você, sou complicado.

2 Bonecos colecionáveis da empresa Funko.

— Eu descomplico. — Essa minha frase é tão ridícula que começamos a sorrir feito dois abobados juntos e o climão some como fumaça, mas tudo bem... Quem quer ter um relacionamento baseado em sexo?

Eu não.

Capítulo 26

David me ajudou com o discurso de uma palestra que ministrarei hoje, disse que eu estava incrivelmente sexy e prometeu que passaria lá para me ver. Isso me deixou muito, mas muito ansiosa e feliz. Pietro nunca quis saber de nada que envolvesse meu trabalho.

Ainda penso em Pietro, mas não da forma que todos imaginam. Ele foi uma grande parte da minha vida, sempre vou pensar nele, era meu amigo antes de tudo.

Meu telefone toca quando estou em mais um engarrafamento.

— Alô?

— Oi, filha, só liguei para perguntar como foi ontem com seu novo namorado.

— Ainda não falamos sobre namoro.

— Ok, e aí?

— Perguntei se queria viajar comigo e ele aceitou.

— Sarah! Poderia ter me chamado, eu iria com você, com muito prazer.

— Mãe, depois do que ouvi, quero saber mais sobre ele, mais do que sei.

— Me conta se descobrir qualquer coisa, também estou ansiosa para saber e ainda mais ansiosa para descobrir o que ele tem.

— Você é muito curiosa, vamos deixar isso de lado por enquanto.

— Tudo bem, mas não se esqueça de me contar!

— Vou contar, mas quero que ele se sinta à vontade.

— Só não me conte se for DST, prefiro morrer do que saber que minha filhinha está doente.

— Para com esse drama, Dona Luíza.

— Sarah, preciso desligar, acho que queimei o café.

— Meu Deus, vai lá.

Estou morrendo de rir quando desligo e chego um pouco mais calma na à palestra. Minha ansiedade acaba comigo todos os dias e não desejo isso para ninguém, nem para quem está tentando me sabotar ou, – ou talvez apenas para essa para que, toda vez que fosse tentar algo ruim, sentisse uma pontada no peito e não fizesse mais.

Subo no palco da palestra assim que chego, pois estou cinco minutos atrasada, para variar...

— Bom dia! — cumprimento simpática.

Eu me apresento e estou indo muito bem, até que vejo o homem que ronda meus pensamentos, meu querido David, em meio aos ouvintes. Não sei por que duvidei dele... Se o conhecesse de verdade, saberia que ele nunca faria nada e agora estou me sentindo muito culpada por ter invadido a sua privacidade.

— O estudo é a arma mais poderosa que você pode ter, pois molda o seu futuro. Não pensem que cheguei aqui por ser bonita, embora muitos pensem assim... — Dou uma pequena risada e as pessoas fazem o mesmo, sempre gosto de descontrair. — Eu batalhei, acordava cedo e dormia tarde. Enquanto todo mundo se divertia, eu estudava. Vocês podem pensar que era ruim, mas até que eu gostava, e vou dizer algo muito importante para os mais jovens:, leiam! Segundo Voltaire, "a leitura engrandece a alma", e concordo plenamente. Ler é a melhor coisa do mundo e vem perdendo força com o passar dos anos. É a fuga da realidade para uma totalmente utópica e, ao mesmo tempo, você se diverte.

Olho para David, que está com uma expressão orgulhosa, e isso me traz uma animação maior para continuar.

— Talvez vocês prefiram ficar com seus smartphones, mas ver a vida das pessoas não deveria ser tão importante quanto viver a sua. Sei disso porque, todos os dias, tenho que proteger minha privacidade de ser exposta por aí. E por que expõem? Porque as pessoas gostam disso, de olhar para a grama do vizinho e não cuidar do seu próprio jardim.

Demoro um pouco mais em meu discurso e, quando acabo, as pessoas batem palmas entusiasmadas. Fico muito feliz. Logo depois que o evento acaba, a multidão se dispersa e várias pessoas vêm conversar comigo.

— Sarah, você é incrível — diz um jovem moreno e me abraça.

Várias pessoas vêm me dar um caloroso abraço e olho ao redor para tentar achar David. Algumas pessoas o reconheceram e ele está sorrindo no meio delas. Uma mulher elegante, próximo a ele, me deixa alerta, mas não estamos namorando e não quero bancar a ciumenta.

— Pode tirar uma foto comigo? — pergunta um homem, que acho ser um pouco mais novo que eu, e sorrio alegremente para a câmera.

As fotos têm esse poder de congelar uma mentira, não estou nem um pouco feliz com uma loira alta tocando no ombro do meu David. Depois de falar com várias pessoas, sinto-me emocionalmente esgotada. Quero ir para casa descansar e tomar um bom banho relaxante.

Quando vejo David se aproximar — sem a loira, ainda bem —, fecho a cara e pego o meu celular.

— Oi. — Ele me abraça e, apenas por senti-lo contra minha pele, meu coração começa a bater ensandecido.

— Oi.

— Você foi tão bem! Fiquei louco quando cheguei, pensando em levá-la para casa e beijá-la até você não aguentar mais.

— Não fala isso aqui, ainda tem algumas pessoas.

— Não me importo se elas ouvirem.

— David! As pessoas vão falar.

Ele se afasta com um sorriso triste em seu rosto angelical.

— E você quer manter isso em segredo?

— E somos namorados? — respondo com uma pergunta.

— Somos?

— Não sei, você deveria saber.

— Não conversamos sobre isso, mas imaginei que não precisasse de pedido oficial.

— Caramba, David, claro que precisa. Como vou saber se estamos juntos ou não se você não pediu?

— Podemos conversar sobre isso depois?

— Sim.

Ele não parece estar com raiva nem nada. Na verdade, parece ter um plano meticuloso em mente quando me leva até seu carro.

— Quero levar você a um lugar.

— Estou com meu carro.

— Posso levar e depois trazer você até ele.

— Isso é burrice, eu sigo você.

— Você é uma mulher difícil de conquistar, Sarah.

— Nunca disse que seria fácil.

— Mas nunca disse que seria tão difícil. – Reconheço em sua resposta a citação da música "The scientist" e isso quebra o gelo entre nós.

Se tem algo que aprendi nessa vida é que não precisamos de príncipes encantados. Mas o que é incrivelmente paradoxo é que, às vezes, queremos. Nesse exato momento quero que David seja meu príncipe, mas, ao mesmo tempo, não quero ser uma princesa em apuros. Por isso acabo indo em meu carro, para mostrar ao David que sou independente.

Ele estaciona em um lugar bem simples e faço o mesmo. Lembro-me do que falei sobre gostar de coisas simples, mas julgo o local pela aparência. O lugar é tão mal sinalizado que fico com a pulga atrás da orelha.

— Bem-vinda — diz David ao me levar para dentro do ambiente e o resultado é muito diferente do que eu esperava.

O chão é cinza e tem uns lustres que remetem a uma discoteca dos anos 1970, nas paredes há frases de filmes, livros e muitas outras coisas. A mesa de madeira é contornada por um tipo de sofá que deixa tudo ainda mais encantados. Acho que julguei o livro pela capa, mas amei o conteúdo...

— David... esse lugar é...

— Maravilhoso? — Ele me interrompe e assinto.

Leio uma citação do livro "O pequeno príncipe":

"Só se pode ver com o coração, o essencial é invisível aos olhos."

— É tão aconchegante.

Sento-me no sofá e David se senta ao meu lado. O ambiente é mal iluminado e isso, de alguma forma, o deixa melhor. Faço uma nota mental de pegar o endereço desse lugar depois.

— Temos que pedir uma coxinha gigante.

— Quem lhe indicou esse lugar? — pergunto curiosa.

— Eu descobri depois de fazer uma longa pesquisa na internet atrás de algo *geek* e simples ao mesmo tempo.

— David, estou com medo de que você seja apenas um sonho meu.

— Estou aqui, em carne e osso.

Aproximo o meu rosto do dele, nossos olhos se cruzam e sinto algo grande crescer em meu peito, até sermos bruscamente interrompidos.

— O que desejam? — pergunta um homem alto e musculoso, com uma bandana de caveira na cabeça e um bloco de notas na mão.

— Coxinha, me falaram muito bem dela — respondo, e David pede o mesmo. O homem anota antes de nos deixar sozinhos novamente.

— Podemos conversar sobre aquilo agora?

Reviro os olhos, David tem o poder de destruir o momento em apenas um segundo.

— Sim.

— Você não parece muito animada.

— Vamos parar de enrolação? Já estou ficando irritada.

— Quer namorar comigo? — pergunta ao pegar minha mão e instalar ela um beijo demorado nela.

Não preciso contar que me derreti feito manteiga, certo? Tudo bem, sou uma romântica incurável, mas ele não precisa saber disso.

— Foi um pouco cru esse pedido. Eu esperava algo com flores e você se ajoelhando — falo em tom de brincadeira.

— Você está indo muito longe. Além do mais, já lhe dei flores.

— Estou brincando, aceito namorar com você — digo e me aproximo dele, até sentir o hálito quente de sua boca em minha pele.

— O que está fazendo comigo, mulher? — sussurra ele, e fecho os olhos.

Toda vez que David sussurra dessa forma, desmancho-me inteira. Sua voz tem uma rouquidão que eu amo.

— Não sei, chame do que quiser.

Quero provocá-lo, então me afasto um pouco e falo:

— Não posso demorar muito aqui, tenho coisas a resolver.

— Que tipo de coisas?

— Estou cansada, preciso urgentemente de um banho.

— Se quiser que eu faça uma massagem...

— Já que perguntou... — Dou uma gargalhada e ele me olha intensamente, o que me faz ter arrepios por dentro.

— Você está tensa.

— Estou mesmo.

Ele passa a mão pelos meus ombros e deito a cabeça ali, sentindo-me segura em seus braços. Eu estava sentindo falta disso, de ter alguém para ser meu parceiro de vida, mas agora percebo que tenho tudo que preciso, pelo menos, por um tempo.

A coxinha era realmente maravilhosa e, depois da minha manhã exaustiva, fomos até o apartamento de David. Como prometido, ele me fez uma boa massagem e relaxei sob suas mãos.

— Você está mesmo tensa.

— O que você acha?

— Relaxe.

— Sabe, andei pensando em alguns apelidos carinhosos para você.

Ele sorri e pede para eu continuar.

— Baby ou Bae[3]...

— Muito Justin Bieber.

— Querido...

— É assim que se chamam os casais depois de 30 anos juntos.

— Você não ajuda!

— Estou ajudando, com minha sinceridade.

— Gato...

— Acho melhor desistirmos disso por enquanto.

— Concordo, e quanto à nossa viagem?

— Você não desistiu, né?

— Claro que não, David, só queria perguntar se tudo bem irmos no dia 23.

— Ok, só tenho que adiantar algumas coisas na empresa e tudo certo.

A empresa me faz lembrar da caneta espiã, tenho que tirá-la o mais rápido possível daqui. Ele não me perdoará se descobrir, e com razão, foi uma loucura ter concluído esse plano.

— Fico feliz em viajar com você – comento.

— Eu não ficaria...

— Por quê?

— Por nada — diz ainda fazendo gestos circulares em meus ombros, livrando-me de toda a tensão dos últimos meses.

— Estou com saudade da sua irmã.

— Vai ter um almoço em família na próxima semana, na casa dos meus pais. Você pode levar os seus se quiser.

— Sério?

Só de pensar em conhecer os pais de David fico nervosa. É se eles não gostarem de mim? E se fizerem a cabeça de David para desistir do relacionamento?

— Sim, quero que vá como minha namorada.

— Uhum.

— Isso foi um sim?

— Um talvez.

3 Bae é alguém por quem você nutre um sentimento amoroso.

— Não quero pressionar você, mas devo falar logo: minha mãe é muito metódica.

— Eu vou.

David se anima e me dá um beijo na bochecha.

— Agora estou contando os segundos para isso.

Capítulo 27

Os dias passaram tão rápido quanto um abrir e fechar de olhos. Coloco a mão sobre meu peito umas dez vezes e, em todas elas, meu coração está agitado. Não sei até quando viverei com ele desse jeito. Preciso de terapia novamente...

David disse que viria me buscar, então estou esperando. Dou uma última olhada em meu visual: vestido floral com um decote V médio e salto Anabela preto. Decidi prender meus cabelos em um rabo de cavalo, porque não os queria despenteados hoje.

Meus pais chegam pouco antes de eu ligar para saber deles.

— Até que enfim, estava ficando preocupada.

— Você ama um drama — diz minha mãe.

— Olha quem fala, né, dona Luíza?

— Eu que o diga — reclama meu pai.

— Você está linda, mãe! — Ela se anima ao me ouvir. Os cacheados estão soltos e cheios, seu vestido branco é soltinho e, se olharem bem, até parecemos irmãs.

— Eu sei que sou feio, mas bem que poderia ganhar um elogio, né? — provoca meu pai, todo meloso.

— Você também está lindo e sabe disso!

Ele está de paletó e calça jeans, tem um charme até no modo de falar. Sei por que minha mãe gosta tanto dele: entendem-se de uma forma que não conseguia explicar, mas que talvez esteja conseguindo agora.

— Obrigado, cadê o garoto? Quero conhecê-lo e ver se vale a pena.

— Pai! Ele não é um garoto, é um homem.

— Eu sei, mas para mim você nunca vai se tornar adulta, então não fale nada.

Balanço a cabeça. Não tenho filhos ainda, então não sei como funciona isso.

David me manda uma mensagem dizendo que já está pronto, então saímos e bato à porta dele.

— Olá, bom dia, quase boa tarde — fala timidamente na frente de meus pais.

Aproximo-me dele e lhe dou um beijo.

— Bom dia. — Meus pais respondem juntos, apesar de meu pai não parecer tão feliz e minha mãe se esforçar para não sorrir.

— Não acho uma coisa tão legal você me beijar na frente dos seus pais — sussurra, mas meu pai rebate.

— Você sabe que dá para ouvir, certo?

— Sim, senhor.

— Vamos ter muito tempo para conversar por lá.

— Claro — responde David com uma expressão séria.

Ele cortou o cabelo e até quero comentar que ficou bonito, mas não vou fazê-lo na frente dos meus pais.

O caminho todo é um silêncio. Decidi que iríamos todos juntos no carro de David. Estou dando uma olhada no meu Instagram, curtindo vídeos fofos de gatinhos, quando chegamos à mansão dos Ventura.

— Minha nossa! — A expressão da minha mãe é sempre assim para tudo.

— Mãe!

— Eu entendo, meus pais são um pouco exagerados.

Dou uma boa olhada no jardim ao lado da casa. Não vejo muita coisa, mas lembro a primeira vez que estive aqui, aliás meu coração lembra antes de mim. De manhã parece menos mágico ou, talvez, o lugar estivesse bonito por causa da festa.

— Sarah... — Minha mãe me chama e percebo que David está parado à porta, mantendo-a aberta para mim.

— Desculpe e obrigada.

Quando ele sorri e estende a mão para mim, é como se meu coração desacelerasse e tudo fosse ficar bem. É exatamente isso que espero desse dia.

No momento em que entramos, vejo uma Megan desinteressada com uma revista nova na mão. Assim que me nota, ela larga a *Cosmopolitan* e vem até mim, com seu famoso abraço.

— Estava com saudade! — diz, com um sorriso de orelha a orelha.

— Eu também. — Aponto para meus pais e cutuco minha mãe, que olha para a casa como se nunca tivesse habitado uma antes. — Esses são meus pais, Diego e Luíza.

— Prazer em conhecê-los. — Megan estende a mão para meus pais e, depois de se cumprimentarem, quero saber onde estão os pais do meu namorado.

É tão estranho ter um namorado novamente, ter alguém com quem posso contar. Ah, meu cérebro ama me fazer desistir das coisas, mas tenho muito medo de que David abra os olhos e julgue que sou problemática demais.

— Minha mãe está na cozinha, então daqui a pouco ela deve aparecer, e meu pai saiu para comprar algo que não lembro. Querem conhecer a casa?

Sei que minha mãe quer, mas, mesmo assim, nega e diz que prefere ajudar na cozinha. Megan é muito legal e mostra o caminho a ela, então fico com meu pai e David.

— Então, quer dizer que você é da Ventura's? — pergunta meu pai casualmente para David, que se senta e faço o mesmo.

— Sim, mas para mim foi fácil me tornar diretor executivo já que meu pai é o dono.

Sei o que ele quer dizer e isso me deixa emocionada. David sabe o quanto foi difícil chegar até onde cheguei, esse é seu jeito dele de dizer que se orgulha de mim.

— E quais são suas intenções com minha filha? — pressiona meu pai, ainda de pé.

— As melhores. — O olhar de David se ilumina quando percebe que meu pai está começando a gostar dele.

David entrelaça as mãos nas minhas e olho para ele, esperando o que diria em seguida.

— Espero casar com a senhorita Sarah.

Por essa eu não esperava, é como se o tempo tivesse congelado e voltado para o ponto onde fui abandonada. Algo aconteceu dentro do meu coração, que não acelera e parece ter se partido em mil pedaços.

Suspiro alto e puxo minhas mãos de volta. Meu pai me olha desconfiado.

— O que foi? Você está bem, Sarah?

— Estou sim, pai, relaxa.

— Foi por causa do que eu disse, né? Desculpe, não queria que você ficasse assim, só quero que saiba que é sério.

— Eu sei e admiro isso, sério mesmo, David... Mas não tenho boas lembranças do meu noivado. Só de pensar, passo mal.

Nesse momento, um homem muito branco entra na sala e olha para nós, depois dá um sorriso.

— Oi! Estou atrapalhando algo?

Deve ser o pai de David.

— Pai, venha conhecer minha namorada.

Ele é loiro como David, mas de pele muito mais clara e cabelos um pouco grisalhos.

— Que prazer em conhecê-la, senhorita Borges. Meu filho não parava de falar sobre você.

David olha feio para o pai e abafo uma gargalhada. Não sabia que andava falando de mim para os pais, mas isso me deixa muito mais à vontade.

— Fico feliz em saber. É um prazer conhecê-lo, senhor Ventura. — Estendo a mão e ele a aperta levemente, falando algo com meu pai. Eu me alegro por se darem bem.

— Então, acho melhor deixar os dois sozinhos, só não façam besteira — diz o pai de David, saindo com o meu pai para algum outro cômodo da casa.

— Olha, me desculpa mesmo — diz David.

Eu o encaro com carinho, até porque ele não teve culpa.

— Não precisa se desculpar, só fiquei assustada. Não pense que não quero.

Eu até mostro um sorriso para fazê-lo acreditar, mas ele está sério e começo a ficar nervosa.

— Tem algo que quero contar a você. Já era para ter falado antes, mas não tive coragem.

Ai, meu Deus, ele vai me contar. De repente, perco o ar e começo a inspirar profundamente.

— Você está bem? — pergunta com a testa franzida.

— Estou, sim, pode continuar.

— Eu estou doente. Tenho uma doença sem cura.

Coloco a mão em meu peito, inspiro e expiro mais uma vez. Essa é a hora em que mostro que gosto dele de verdade e que o apoio.

— Pode falar — insisto, porque ele se calou e sei que está um pouco hesitante.

— Tenho Lúpus Discoide. — Ele abaixa a cabeça e me sinto tão mal que nem sei o que responder, não sei o que faria se tivesse.

— É outro tipo de Lúpus?

Ele me olha e toca meu queixo.

— Sim, essa causa lesões na pele e cabelo, depois explico melhor. Por isso não posso ficar muito tempo no sol, às vezes acontece no couro cabeludo.

— Sinto muito.

— Não sinta, não quero que fique triste. Fui ao no médico no mês passado e a minha doença não evoluiu, então ficarei bem.

Quando a ficha começa a cair, dou um abraço tão apertado nele que minhas mãos doem. Eu nunca o abandonaria, sei que é uma doença difícil e sem cura, mas posso sobreviver a isso.

Ah, agora sei por que ele se importou quando desmaiei e me forçou a ir ao médico.

— A pior parte é meu cabelo. Às vezes cai bastante quando há crise e preciso cortar muito.

— É, eu percebi. — Tento quebrar o gelo dando um sorrisinho e passo a mãos por seus cabelos bem mais curtos agora.

— As pessoas geralmente me deixam quando sabem disso e você sorri? — diz ele, mas vejo que está se esforçando para se conter também.

— Sim, principalmente porque não vou abandonar você. Que tipo de pessoa eu seria se fizesse isso?

— Me sinto lisonjeado. — Ele coloca a mão sobre o peito e eu balanço a cabeça.

— Tudo bem, vamos parar de falar sobre isso. Já estou ficando deprimida.

Ele dá uma gargalhada e encosta a testa à minha.

— Obrigado.

— Você vai ter que aguentar por muito tempo.

— Farei isso com prazer.

O fato de aceitá-lo não significa que me eu não esteja com medo, porque estou muito nervosa. Será que ele toma algum remédio? Fica doente com facilidade?

Tenho medo de que ele passe mal e eu não saiba como agir...

São temores que não consigo deixar de pensar, mas não quero perguntar ao David. Vou pesquisar depois.

— Vamos lá para fora. – Ele me puxa, porque estou realmente sem coragem para me levantar do sofá.

Chegamos ao jardim e vejo algumas flores que antes não percebi. Estou praticamente correndo para acompanhar os passos de David até chegamos a um espaço com piso de madeira e três troncos de árvores ao redor. É a coisa mais esquisita que vi por aqui, mas gostei.

Nos sentamos e pergunto a ele se não tem problema ficar no sol, mesmo que esteja um pouco nublado.

— Nenhum problema, usei protetor solar.

Ele se apoia em um dos troncos e me encaixo em suas pernas, encostando as costas ao seu peito. Agradecendo aos céus por estar com o cabelo preso.

— Esse lugar é tão aconchegante.

— É, né? Sempre gostei de vir aqui sozinho, mas com você é melhor, claro. — Ele sorri e depois passa os braços ao meu redor, por cima das minhas mãos.

— Jura mesmo que nunca trouxe ninguém aqui?

— Não sou um Don Juan.

— Ok! Me diga uma coisa que você é.

— Desorganizado.

— Sério?

— Muito, então nunca diga que não avisei.

— Vamos precisar de uma empregada para arrumar a casa.

— Isso resolve muitos problemas. Agora me diga uma qualidade muito boa sobre você.

— Bem, além de ser organizada, eu sou muito esforçada.

— Hum, e o seu pior defeito?

— Acho que sou um pouco orgulhosa, mas só um pouquinho...

— Só bem pouquinho?

— Sim.

— Então acho que podemos dar certo.

— Ué, mas nós já damos certo.

Ele tira uma de suas mãos de cima da minha e começa a me fazer cafuné.

— Acho que estou apaixonada por você.

— Eu sou incrível, né?

— Você faz um cafuné incrível.

— Assim você me magoa.

Viro-me para ele, com cuidado por causa da saia e porque começou a ventar um pouco mais forte agora.

— Eu gosto mesmo de você, viu?

— Que bom que disse isso, também gosto de você. Esse seu cabelo de leãozinho me seduziu desde o primeiro dia.

Não consigo evitar o sorriso que sempre dou quando estou perto de David, sua mão alisa meu cabelo mais uma vez.

— Leãozinho?

— Sim, acho que acabei de descobrir seu apelido.

— Isso é injusto, por que não posso ser uma gatinha?

— Tem até uma música, aquela de Caetano Veloso...

— Não comece a cantar — digo, séria, mas ele me ignora completamente.

— Gosto muito de te ver, leãozinho, caminhando sob o sol... — A voz dele é grave e até que soa bonita na canção, mas não dou o braço a torcer.

— Sua voz é horrível — minto, mas meu rosto está quente demais, estou com muita vergonha.

Ele para de cantar e me olha tão intensamente que acho que vou morrer. Suas mãos cobrem meu queixo e os polegares afagam levemente minhas bochechas.

— Verdade, talvez você não seja um leãozinho... Até porque eles não teriam peitos tão incríveis assim.

Eu me afasto dele e dou um tapa forte em seu ombro.

— Você consegue estragar os melhores momentos, sabia?

— Você gosta que eu sei.

Reviro os olhos e, antes, de me levantar, dou um beijo rápido nele.

Quando voltamos, entramos pela cozinha e finalmente conheço a mãe de David, Brenda. É loira e reconheço a quem David puxou, é muito bonita. Ela e minha mãe estão conversando sobre receitas e percebo que também se deram bem, menos mal.

— Então, você é a famosa Sarah!

— Eu mesma. — Dou um sorriso forçado e cutuco David com o cotovelo. Ele finge não se importar e continua com aquele sorriso besta no rosto.

— Vocês são tão bonitos juntos — elogia minha mãe e, quando David se senta, sento-me em seu colo.

— Obrigada, mãe

David puxa o elástico do meu cabelo e viro a cabeça, tentando expressar meu desconforto como olhar.

— Seu cabelo fica melhor assim.

— Não fica, não.

— Fica.

E, como sempre, ele consegue o que quer, porque decido deixar meu cabelo solto. Espero que não esteja tão bagunçado assim. David é muito teimoso, acho que foi a criação. Sabe como é, sempre teve tudo na mão.

Só percebo que nossas mães estão olhando para nós quando viro a cabeça.

— Temos algo a contar... — Elas arregalam os olhos um pouquinho quando ouvem David, talvez estejam pensando em algo grandioso. Não é como se ele fosse pedir minha mão em casamento de um dia para o outro, gente.

— Não é gravidez, certo? — pergunta minha mãe.

— Claro que não, mãe.

— Vamos viajar juntos... — David complementa.

— Mas já? — É a vez de a mãe dele dizer.

Minha mãe lança para mim o seu olhar de Scott Summers, como se eu tivesse enlouquecido, mas ignoro. Sei que ela quer muito viajar comigo, mas ficará para uma próxima.

— Sim, eu já estava pensando em tirar férias e decidi chamar David, até porque é ruim viajar sozinha.

Um silêncio constrangedor paira sobre nós. Honestamente, estou morrendo de vontade de sorrir, mas acho que seria muito antiquado.

— Eu achei uma boa ideia — aprova Brenda, finalmente. — Se divirtam.

— Quer ver meu antigo quarto? — sussurra David no meu ouvido e assinto vigorosamente, porque ficar aqui está sendo esquisito.

Ele me puxa pelas escadas e paramos em um quarto com uma placa de "não perturbe". Quando entramos, vejo um papel de parede de personagens da Marvel e olho para David com as sobrancelhas erguidas, como se dissesse "Meu Deus, você é mesmo muito *nerd*". Ele apenas ignora e se senta na cama de solteiro com colcha de "Star Wars", bem previsível.

— Seu amor por "Star Wars" supera tudo, né?

Sento-me ao lado dele com o olhar à frente, onde há uma lixeira bem exótica, aposto que é um robô de "Star Wars". Logo acima tem uma estante aérea cheia de HQs e outros livretos.

— Não supera a vontade de estar com você.

— Nossa que cantada ruim. — Eu sorrio e volto-me para ele, que me encara com ar de quem quer aprontar alguma coisa.

— Estou tentando seduzir você.

— Ah, então falhou miseravelmente.

— Nem um beijo?

A porta está aberta e me sinto como uma atrevida adolescente, no quarto de um garoto com os pais lá embaixo. Como se adivinhasse meus pensamentos, meu namorado fecha a porta e sua expressão parece dizer: " E esse olhar está seduzindo você?". Aproximo-me dele e passo as unhas por sua nuca, então David beija meu pescoço e toda a minha resistência vai por água abaixo.

— Sempre quis dar uns beijos nessa cama de *nerd*.

— Ainda bem que você reconhece. — Solto uma gargalhada.

Ele me empurra levemente para o colchão e bato minha cabeça na parede, então não aguentamos e caímos na risada. É, não é a hora certa para isso, não aqui com nossos pais lá embaixo e minha desastrada performance.

— Ai! — Toco onde bati e David se aproxima preocupado.

— Foi muito forte?

— Mais ou menos, mas ficou doendo. — Massageio o lugar e ele se senta ao meu lado, dando-me um beijo na testa.

— Prometo parar de falar sobre "Star Wars", se você assistir comigo.

— E se eu gostar? Nem consigo me imaginar uma fã de "Star Wars".

— Vou falar até você assistir.

— Nunca vou assistir.

— E o que vamos assistir quando formos ao cinema?

— Algum romance...

— Claro que não, você só gosta desse gênero?

— Gosto de suspense, mas nada que envolva o sobrenatural.

— Caramba, somos incompatíveis cinematograficamente.

— Sério? Mas podemos fazer um acordo. Tipo, quando formos ao cinema, eu escolho uma vez e você escolhe outra, ficamos revezando.

— Duvido que você queira assistir a algum filme da Marvel comigo.

— Mas já assisti, esqueceu?

— Ah, verdade.

— Isso significa que o próximo filme é meu!

— Tudo bem, mas coloca um bom. Não quero gastar meu tempo com algum romance bobo.

Cruzo os braços. Quem ele acha que é para falar dos meus romances?

— Não são bobos, nem são todos que têm finais felizes.

— Ah, é?

— É, vamos mudar de assunto.

David me dá um beijo na testa e me olha nos olhos.

— Somos opostos, mas não significa que não combinamos.

Capítulo 28

O mês passa lentamente. Acho que é a ansiedade de viajar que faz as horas se arrastarem, mas aqui estou eu, despedindo-me por alguns dias da minha querida empresa.

Vejo um Post-it caído no chão e imediatamente fico tensa ao ler:

Abra os olhos.

Quem colocou isso aqui? E por que eu deveria abrir os olhos? Sei que há alguém tentando me derrubar, já descartei a possibilidade de ser David, então quem poderia ser?

Para meu próprio bem, amasso o alerta e jogo fora. Decido deixar a outra caneta espiã em minha sala, em um lugar de difícil acesso na minha estante. Quem quer que seja, vai se ver comigo.

Vou ficar com saudades de vir todos os dias. Amo ficar na minha sala, criando projetos e sendo eficiente. Gosto de ser útil e, depois que retornar de viagem, vou anunciar um grande projeto. Estou muito ansiosa.

A volta para casa é turbulenta, o trânsito está tão intenso que resolvo dar uma parada na conveniência do posto. Estou com saudade do *frappé* que eles fazem. Enquanto aguardo alguns minutos até ficar pronto, recebo uma mensagem de David. Imagino se ele vai continuar assim no decorrer dos anos, atencioso, ou se vai esquecer de mandar SMS a cada quinze minutos.

Onde você está?.

O trânsito está péssimo, então parei em um posto de gasolina

Envio uma foto minha com o *frappé* de café em mãos e David me responde com uma carinha apaixonada. Ele está sendo tão legal comigo nos últimos dias que penso estar em um sonho, do qual vou acordar com Pietro ao meu lado, naquela rotina chata que costumávamos ter.

Alguém coloca a mão em meu ombro e, quando me viro, fico com medo que a pessoa tenha escutado meus pensamentos... É Pietro.

— Oi! Como vai?

— Você e sua mania de encurtar conversas...

Ele se senta no banco à minha frente e não sei se devo mandá-lo embora ou deixá-lo ficar.

— Que coincidência você por aqui – comenta.

— Você sabe que sempre gosto de vir aqui. — Estreito os olhos e ele sorri daquele jeito que seduz qualquer garota, mas não a mim. Será que ele não se toca?

— Você está mais bonita.

— É porque estou muito feliz. Vou fazer uma viagem, não que seja da sua conta.

— Impossível! Você não viaja.

— É verdade, obrigada, você abriu meus olhos. Agora consigo aproveitar melhor a vida.

— Fala sério, o que mudou?

— Não sei se você anda me *stalkeando*, mas há boatos de que estou namorando.

— Esse é o ponto onde eu queria chegar...

Solto um suspiro irritado, que Pietro finge não ouvir. Ele é um homem muito gentil, ou pelo menos era, não sei se mudou.

— Eu tenho que ir embora — interrompo-o.

— Você não gosta daquele cara.

— Quem é você para falar se gosto ou não de alguém? Você nem o conhece!

— Volta pra mim.

— Ah, me esquece. — Levanto-me e pago pelo *frappé* e, além do trânsito, fico pensando em como Pietro é inconveniente.

Capítulo 29

Um dia e meio depois, estamos embarcado. Meu namorado está tão empolgado que não quero tirar seu sorriso falando sobre meu ex-noivo. É até ridículo pensar em contar.

— Dizem que Gramado é o lugar para apaixonados — fala David, e lhe dou um sorriso nervoso.

— É, sim.

— O que está havendo? Você está um pouco por fora esses dias.

— Recebi um papel estranho antes de viajar.

— O que dizia?

— Para abrir os olhos.

— Não fique pensando nisso. — Ele me abraça de lado.

— Não tem como não pensar — argumento rispidamente.

— Parece que tem alguém com humor de leão.

Tento não sorrir, mas, quando olho para o rosto de David, tudo melhora. Ele foi uma benção em minha vida.

— Me desculpe, não quero descontar em você.

— Tudo bem, agora vamos nos divertir.

Diversão, isso é algo difícil para mim... Ainda mais depois de ter encontrado Pietro, quer dizer, de Pietro ter me seguido.

A viagem foi ótima. Algumas horas depois, estávamos pousando em Gramado e começo a me animar. A recepção é incrível, ruas cheias de flores e uma placa maravilhosa logo na entrada da cidade. Eu poderia encontrar o amor aqui, se já não tivesse um, claro.

— Esse lugar é no Brasil? — pergunto estupefata, boquiaberta, maravilhada e muitas outras coisas.

— Por incrível que pareça.

— Aqui é mais frio do que pensei. — Apesar do casaco, estou com os braços à minha volta.

— Estamos quase chegando ao hotel.

O hotel, que reservei porque achei mágico, era em um local cheio de árvores, é como se estivesse em uma floresta encantada. Depois de fazermos o check-in e entrarmos no quarto, fico feliz por tê-lo escolhido. O ambiente é maravilhoso. O teto é muito diferente, como um tapete de palha todo trabalhado à mão, o guarda-roupa é de madeira com tecido no lugar das portas, quadros de cachoeiras e flores decoram as paredes... É tudo feito de madeira, simples e chique.

Estou tão feliz que dou um gritinho e me deito na cama macia. Aqui deve ter muito mosquito, por isso nos deram repelentes, mas de forma alguma vou me importar com isso. Quero conhecer todo o hotel o mais rápido possível.

— Vejo que gostou — diz meu namorado, deitando-se junto de mim. Estamos olhando para o teto e ele está com as mãos cruzadas atrás da cabeça enquanto deixo as minhas na barriga.

— Amei mais ainda porque você está comigo.

— E essa é apenas nossa primeira viagem.

— Sim. David, posso perguntar uma coisa?

— É uma pergunta retórica, então vai lá.

Dou uma risadinha e começo a falar:

— O que você viu em mim?

— É uma pergunta séria?

— Claro! — Apoio-me em meus cotovelos e olho para ele, que está com a cabeça virada para mim. Há um brilho sexy em seu olhar.

— Você não é uma mulher padrão. Não muda seu cabelo por causa da opinião dos outros, é um leãozinho. Sei que estamos no início e dizem que tudo são flores, mas não vou me cansar da sua beleza natural e do seu jeito agitado.

— Eu sou agitada?

— Sim.

— Não sou, não.

— E eu gosto da cor dos seus olhos, que são castanhos, nem tão claros nem tão escuros, e seu sorriso é lindo também.

— Nossa, você falou tantas coisas. Tenho certeza que está tentando me seduzir novamente.

— Talvez... — Ele sorri e se levanta para se apoiar sobre os cotovelos também. Sua expressão de menino travesso, porque talvez ele seja mesmo, me dá esperança de que tudo possa dar certo.

Meu celular toca e sei que é minha mãe perguntando se cheguei bem. Coloco no viva-voz, porque quero mostrar para David que confio nele.

— Oi, mãe.

— Sarah, você já viu aquele site de fofocas hoje?

Olho para David, um pouco desconfiada, mas ele franze a testa. As pessoas estão suspeitando de nós, mas isso não é nenhuma novidade.

— Não, por quê?

— Estão pensando que você está com Pietro novamente.

— O quê? Isso é ridículo.

A expressão de David não parece nada boa, mas eu não tenho nada com aquele homem. Ele não precisa se preocupar.

— Tiraram uma foto em que você aparece sorrindo, enquanto ele está na mesma mesa que você.

Porque minha vida tem que ser assim? Parece que, quando tem uma coisa boa acontecendo, duas outras aparecem para me entristecer. David se levanta e começa a andar de um lado para o outro, passando a mão pelos cabelos curtos.

Não sei o que falar, e minha mãe faz o mesmo. Ficamos em um silêncio horrível, até eu suspirar e dizer a minha mãe que preciso desligar.

— Você não ia me falar nada? — pergunta David tão irritado que começo a ficar nervosa.

— Não é o que parece! — Sento-me e tento entrar no site que minha mãe disse. Realmente parece que estou me divertindo bastante com Pietro, o que não era o caso. Esses *paparazzi* não perdem tempo.

— Isso é algo que uma pessoa culpada falaria!

— Mas eu posso explicar antes de você brigar comigo?

Ele pega o celular e, minutos depois, fica parado encarando a tela. A respiração dele está irregular e sinto vontade de chorar por ele não acreditar em mim, mas sou orgulhosa demais para fazer isso na sua frente.

— Você tem certeza que quer explicar isso?

David aponta a tela do celular para mim e vejo outra foto. Nela, olho para Pietro e parece que estamos tendo uma conversa feliz.

— Ele foi atrás de mim — quase grito.

— Sério? Foi nisso que você conseguiu pensar?

— Estou falando a verdade. Se você quer estragar nossa viagem, tudo bem.

— Estou com a cabeça quente, certo? Preciso de ar fresco. — Ele balança a cabeça como se as coisas não estivessem se encaixando e sai, batendo a porta com tanta força que fico com medo que alguém venha reclamar.

Não quero chorar, mas um nó se instala em minha garganta... Quero gritar até perder a voz, quero que as coisas se ajeitem para mim! Parece que tudo começou a desmoronar.

Não sei quando dormi, mas a luz do sol foi embora, deixando um breu. Quando abro as pálpebras, demora uns instantes até eu poder me acostumar com a escuridão e perceber que David está no chão, encostado à porta.

Acendo um dos abajures e o encaro à baixa luz.

— Pensou?

— Olha, me desculpe, Sarah. Eu sempre dou um jeito de estragar os melhores momentos. — A voz dele está trêmula, é tão raro um homem chorar que não sei o que fazer quanto a isso.

— David, você não estragou. Eu deveria ter confiado em você.

Aproximo-me lentamente, com medo de que ele mude de ideia e julgue que eu é que estou errada na história. Sento-me sobre os joelhos e acendo a luz, deixando o quarto iluminado. Ele parece um peixinho fora d'água.

— Está tudo bem agora — digo.

Ele abre os braços e eu o abraço. Ficamos encolhidos no chão do quarto, seu queixo em minha cabeça.

— Eu deveria ter acreditado em você, mas, quando vi aquelas fotos, achei que tivesse pensado a respeito e decidido que seu ex era a melhor opção.

De repente me lembro da conversa dele com sua irmão. Megan lhe disse que era melhor ter cuidado, porque eu tinha acabado de sair de um noivado.

— Você acredita agora?

Ele assente levemente e sinto seu queixo fazer uma pressão fraca em meu couro cabeludo.

— Não vamos desperdiçar a noite, então. — Começo a me levantar, mas ele me puxa e me encara.

— Obrigado, linda.

Encosto a testa à dele e dou um beijo em sua bochecha.

Depois de toda essa confusão, nós vamos ao salão principal observar o ambiente. Assim como disseram, o lugar é um arraso. Vim com um vestido cinza curto, super bonito, enquanto meu namorado está com uma blusa social azul-escuro, que me deixou com água na boca assim que o vi.

É tão estranho estar de mãos entrelaçadas em um lugar público que meu estômago se retorce por dentro.

— Vai ter música ao vivo hoje, já foi informado para vocês? — pergunta uma garota alta e morena. Fico com ciúme do jeito que ela olha para David, como se fosse um prato delicioso disponível no mercado.

— Sim, obrigada — digo secamente e ando mais rápido, trazendo meu namorado comigo.

— Acho que alguém ficou com ciúme.

Que droga, por que ele tinha que perceber isso?

— Olha, parece que vão cantar a música de Projota. — Tento distraí-lo do assunto quando começam a tocar o início de "Ela só quer paz", fico feliz ao perceber que funcionou.

— Espero que curtam bastante o clima de romance no ar — diz o rapaz entre um verso e outro.

É uma banda bem legal e o som deles é bom. Cantam vários gêneros musicais, mas todos com letras românticas.

Está tocando "Faz parte", a música que ouvi na cafeteria com David. É uma letra que gosto tanto que sussurro em seu ouvido:

— Essa é a nossa música, sabia?

Ele me olha surpreso, mas depois acho que lembra porque abre um sorrisinho. Sua barba está por fazer e toco seu rosto.

— Você está lindo com essa barba, sabe?

Ele me dá um beijo, ali, no meio das pessoas. E não é um beijo casto, é um beijo muito bom, daqueles com direito a muita língua atrevida percorrendo a boca e fazendo um calor subir pelo corpo.

— Vamos subir? — propõe e, antes que eu aceite, ele já sai andando rápido.

O elevador está vazio quando entramos, então damos uns amassos. As mãos de David sempre estão muito ávidas em percorrer meu corpo, e amo isso nele.

— Caramba, você é tão perfeita.

Ele está arranhando meu pescoço com sua barba e eu vou à loucura, até ouvirmos o som do elevador nos avisando que chegamos ao nosso andar... Quando nos viramos, um casal com seus 60 anos nos observa com os cenhos franzidos. Eu saio um pouco tímida, mas é só chegar no quarto para a minha razão evaporar como um efervescente.

Capítulo 30

O nosso segundo dia começa melhor do que o anterior. Acordo enrolada nos braços de meu namorado, com os cabelos espalhados no colchão. Mas acho que David não se importa, já que está olhando para mim.

— Bom dia, você está acordado há muito tempo?

— Não muito, mas aproveitei para olhar você.

— Que fofo!

— Nem tanto, só queria fazer um teste antes de entrar em uma cilada.

— Quê?

— Queria saber se você é tão bonita quando acorda ou se é tudo efeito da maquiagem.

— Cale a boca, eu nem uso tanta maquiagem assim! — falo brincando e ele sorri.

— Agora estou em dúvida...

— Em relação a quê?

— Não sei se quero namorar você, porque vejo que é a maquiagem mesmo. - Ele solta uma risada.

Reviro os olhos e penso em como Pietro quase destruiu isso. Estive perto de ligar para ele, mas achei melhor deixar pra lá, até porque não ganharia nada com isso.

— No que está pensando, leãozinho? — Ele coloca a mão sobre minha cabeça e começa a fazer cafuné.

— Nada interessante.

— Para onde vamos hoje?

— Quero conhecer o famoso Lago Negro — digo um pouco animada demais.

— É por causa dos cisnes?

— Claro!

— Então vamos tomar café no caminho, a essa hora não deve ter muita gente.

— Assim espero.

Levanto-me a contragosto. Vou tomar um banho e escovar meus dentes, porque o negócio está sério aqui, mas acho que David é gentil demais para falar.

Trinta minutos depois, estou quase pronta em meu short jeans e uma blusa de manga longa listrada. Decido calçar meus coturnos novos, até que fica bem legal.

David está com uma blusa branca e casaco de couro por cima, tão sexy que evito olhar, e a calça jeans é mais apertada do que as outras que já usou perto de mim. Os cabelos ainda curtos têm falhas em alguns lugares e me pergunto se isso é normal.

— Você está me olhando há mais de um minuto, querida — fala como se fosse o último *Danete* da geladeira.

— Vi um mosquito perto da sua cabeça.

— Sei...

Ele recebe uma ligação, o que não me permite responder. Vou para o banheiro e, enquanto passo o *BB cream* no rosto, escuto algo estranho.

— Como assim? O dinheiro não foi para lá?

Dinheiro? Sei que tenho uma tendência a pensar coisas antes do tempo, mas falar que o dinheiro não está, sabe-se lá onde, é no mínimo suspeito.

— Não acredito nisso, eu realmente depositei... Não farei novamente se não sei para onde está indo...Tente descobrir.

Ouço seu suspiro alto e volto a passar minha maquiagem. Quando ele se enfia no banheiro, estou cantarolando Bee Gees e passando rímel.

— Como vocês não ficam cegas quando passam isso? — pergunta como se nada tivesse acontecido. Tento ser o mais casual possível, mas não sei se dá muito certo.

— Coisas de mulher.

— Daqui a quantos minutos você estará pronta?

— Uns quinze no máximo.

— Ok! Estou esperando.

Demorei um pouco mais do que quinze minutos, mas acho que David não percebeu. Estava tão aéreo que precisei chamá-lo várias vezes antes de irmos.

O lugar é magnífico, vejo árvores por todos os lados. Sinto-me tão perto da natureza que até estou respirando melhor, longe de toda a poluição de São Paulo.

— Tão diferente de todos os lugares que já estive... — diz David, fazendo surgir uma curiosidade em minha mente.

— A quais lugares você já foi?

— Buenos Aires, Nova York, Vancouver e algumas outras cidades que não quero lembrar agora. E você?

— Nunca tive muito tempo para viajar...

— A louca do trabalho, né?

Faço uma careta para ele, que está sorrindo quando entramos no pedalinho de cisne. Sinto-me realmente muito empolgada, o nosso é o de número 28.

— Quero perguntar algo - diz ele. - Como você descreveria nosso primeiro beijo?

— O do elevador? Porque, se for, achei aguado, mas me ajudou a controlar o nervosismo.

Ele solta uma gargalhada gostosa e sorrio junto.

— Não, o nosso primeiro beijo de verdade.

— Foi maravilhoso e, para ser honesta, já vinha pensando nele antes de acontecer.

David segura minha nuca levemente e me beija. Sua boca me leva para outro planeta, é como se eu estivesse nas nuvens. Sinto um frio bom na barriga e sei que estou me apaixonando cada vez mais por esse homem.

— Você não vai me dizer o que sentiu no nosso primeiro beijo? — pergunto, meio ofegante, quando nos separamos.

— Eu só estava pensando nos hormônios...

Dou um soco em seu ombro, mas depois vejo que ele estava fazendo uma cara cínica.

— É sério!

— Senti que havia encontrado alguém especial.

— Essa resposta foi meio sem graça, né?

— Talvez, mas quero guardar a lembrança apenas para mim.

— Isso é injusto, você me fez contar.

— Eu sei — diz e me rouba um selinho. Claro, não quero forçá-lo a contar mais, se não quer.

A água é tão calma que sinto minha alma mais leve. Eu poderia morar aqui, em meio a tanto verde, acho muito melhor. Até penso em me mudar para uma cidade do interior algum dia, ou me mudar do país, em um futuro distante, talvez quando já estiver e aposentada – apesar de que, considerando como está o Brasil, não sei, não.

— Sabia que 12% da água doce do mundo está no Brasil?

— Nunca ouvi falar sobre.

— E que, para fazer uma calça jeans, são gastos aproximadamente dez mil litros de água?

— Meu Deus, Sarah, estou me sentindo mal por estar usando uma agora.

— Você era inocente até agora. — Dou de ombros.

— Você usa!

— Culpada. — Levanto as mãos.

Fico triste quando o passeio acaba, mas até que me distraiu bastante. Nem pensei na empresa e no papel estranho que recebi. Isso é um sinal, certo?

Estou pensando em assinaturas e planilhas, e em como estão as coisas por lá agora.

— O que houve?

— Só estava pensando em algo, mas é besteira — respondo.

— Pode falar comigo sobre qualquer coisa. Sabe disso, certo?

— Claro, mas é realmente uma besteira.

Ele passa o braço em torno dos meus ombros e começamos a fazer a trilha. Vejo árvores diferentes das que conheço, mas eu já havia pesquisado a respeito. Há muitas plantas de outros lugares por aqui. Vejo pinheiros que só sobrevivem por causa do clima frio... Estou tão feliz que até me assusto quando alguém dá um grito:

— Tira!

É uma mulher, e tento ver qual é o problema. Por alguns minutos vasculho ao redor e, depois de observar minuciosamente, encontro uma cobra. É pequena e verde-claro, meu coração acelera, mas não consigo me movimentar. Enquanto estou parada, olhando a cobra se move rapidamente em minha direção! O rapaz que está nos guiando é quem a pega e joga para longe... Como ele fez isso?

— Sarah? – pergunta David.

Ainda estou paralisada, é como se eu tivesse perdido o controle de minhas ações. Não consigo respondê-lo, o que está acontecendo comigo?

— Sarah! — sussurra meu namorado novamente e me recupero pouco a pouco.

— Oi... D-desculpa — gaguejo, e ele me abraça.

— Pelo visto, você tem fobia de cobras.

— Acho que s-sim — gaguejo novamente. Isso me faz sentir uma tonta, como se meu QI tivesse diminuído exponencialmente.

David se afasta e me dá um beijo, isso faz com que eu me sinta melhor. Seus olhos me salvam de meu medo.

— Não sei o que deu em mim, mas estou melhor agora — falo sem tropeçar nas palavras dessa vez.

— Ainda bem, você me deixou preocupado. Agora vamos, estou com vontade de chegar logo para comer alguma coisa, minha barriga está reclamando.

— Ah, aqueles sons estranhos eram da sua barriga?

— Já está engraçadinha?

— Tenho que distrair a mente, ué.

Saio andando na frente dele, mas logo depois ele me puxa pelo braço e andamos de mãos dadas.

Capítulo 31

O castelo de amor foi abalado assim que chegamos ao hotel e voltamos a ter internet. Logo recebo várias mensagens de sites de fofocas e suspiro impaciente.

— O que aconteceu, Sarah?

Mostro a página que fala sobre uma possível volta entre mim e meu ex-namorado. O pior é que Pietro até deu uma entrevista. Não estou acreditando nisso, está usando a minha fama a seu favor.

Observo a expressão de David mudar enquanto está lendo. Prefiro mostrar do que ele ver depois e tomar decisões precipitadas outra vez.

> "EU REALMENTE QUERO RECONQUISTAR MINHA SARAH, ELA É TUDO PARA MIM. NOS DAMOS MUITO BEM E CONVERSAMOS MUITO NAQUELE DIA."

Eu realmente não acredito no que leio. Pietro falou como se nós estivéssemos conversando pacificamente, quando mal lhe dei atenção na verdade.

— Esse cara não se cansa disso?

— Eu sei, não acredito que ele fez isso. Agora as pessoas vão pensar que nós estamos voltando. Só há um jeito de fazer isso tudo parar.

— Qual?

Tive uma ideia realmente boa. Embora não quisesse fazer isso agora, era necessário.

— Não oficializei o nosso namoro nas redes sociais. Poucas pessoas sabem que estamos juntos, então podemos postar uma foto falando sobre isso.

Assim, além de mostrar que Pietro é um mentiroso, as pessoas vão saber que estou feliz de novo, com alguém muito incrível.

Os olhos de David expressam orgulho, realmente deve gostar muito de mim. Eu já deveria ter feito isso, mas estava muito ocupada sendo feliz, e as suposições não param até você contar a verdade.

— Essa é uma ideia brilhante, vamos fazer isso agora!

— O quê? Mas estou suada e toda nojenta, você já viu meu cabelo? — reclamo.

— Está linda, agora vem cá.

Ele me puxa contra seu peito e tiramos duas fotos. Em uma delas estou sorrindo e na outra faço um biquinho. David diz que aquela seria a que escolheria postar, porque fiquei muito gata. Ele ama aumentar minha autoestima, o que é difícil nos homens de hoje.

— Vou perguntar uma coisa que percebi agora — falo enquanto voltamos para o quarto.

— Hum... – Ele me olha com atenção.

— Ainda não vi você com nenhum amigo.

— Nunca tive muita sorte. Sempre gostei de ler, coisa que me tornava estranho.

— Entendo bem o que quer dizer.

— E quando você é bem-sucedido e está na mídia, nunca dá certo. Além disso, eu tenho a minha irmã.

— Sei como é, minha melhor amiga é minha mãe. Não que eu não ame meu pai, porque amo, mas minha mãe me entende. — Solto um risinho e ele me acompanha.

— Sempre fui o filho exemplar, mas sempre sentia que poderia melhorar.

— Eu também, é como se eu nunca fosse boa o suficiente!

— Uma coisa em que combinamos...

— Sim, agora vamos logo. Quero ir para a balada que vai ter hoje. — Balanço os braços e ele revira os olhos.

— Quem é você e o que fez com a Sarah? Aliás, a balada é de noite, ainda é meio-dia!

Não falo mais nada, só passo a mão por sua cintura e voltamos para o quarto.

Saímos para ver o pôr do sol, e é uma beleza fora do normal. Nunca vi tanta coisa bonita em um só lugar. Deus fez tudo perfeito.

Tiro várias fotos desse *sunset*. Quando David vai buscar um sanduíche natural para mim, um casal de espanhóis me pede para fotografá-los. Eles parecem tão apaixonados que pergunto:

— Há quanto tempo vocês estão juntos?

O sorriso da mulher aumenta, fazendo com que suas rugas se aprofundem. Vejo o quanto ela é feliz por ter esse homem ao seu lado, isso me dá esperança.

— Eu tinha apenas vinte anos quando nos casamos, já se passaram trinta desde então, mas é como se tivesse sido ontem. — Eles se entreolham e parecem estar em um universo paralelo. Devolvo o celular dela e, no momento em que David volta, estou sorrindo feito boba.

— Viu um passarinho verde? — pergunta ao me entregar o lanche.

— Vi.

— Qual o motivo dessa euforia?

— Está vendo aquele casal ali? — Aponto com a cabeça para as pessoas mais fofas que já conheci. — Eles me falaram que estão juntos há trinta anos. Olha para eles, parecem tão apaixonados.

— Se depender de mim, seremos assim.

— Promete não me abandonar nunca?

— Prometo. — Ele levanta o dedo mindinho e eu o envolvo com o meu, selando nossa promessa.

Capítulo 32

Dois dias se passaram. Ontem ficamos por aqui mesmo, aproveitando a companhia um do outro, e hoje é nosso último dia. As fotos que postamos estão fazendo tanto sucesso que até criaram um nome para o casal, Darah. Achei horrível, mas as pessoas já estavam repostando as fotos e adicionando outros efeitos, que me peguei gostando.

— Eles postaram no site, você viu? — Pergunta David.

— Deixa eles para lá, vamos aproveitar o dia. – Reviro os olhos.

— Tem razão, o que quer fazer hoje?

Penso em falar que quero ir à cachoeira, mas sei que David não pode, já começou a usar pomada em um ferimento que surgiu na bochecha. Ele acha que não vi e sei que ficaria triste se soubesse a verdade.

— Que tal irmos para a piscina interna e depois para o Spa?

— Ótima ideia — diz ele, e dou um beijo em seu nariz.

O piso ao redor da piscina é de madeira e o lugar é encantador. Sento-me na beira dela e a água está quente.

Uma coisa que está rondando os meus pensamentos é o fato de algum dinheiro de David ter sumido. Será que ele faz algo ilegal?

Tudo bem, não quero julgar, mas tenho uma mente criativa. Ele nem tocou no assunto, embora eu tenha esperado, e agora quero muito descobrir o que aconteceu.

— Oi, leãozinho. – Ele se senta ao meu lado, está tão bonito nessa luz que realça a cor de seus olhos.

— Oi.

— Não vai entrar?

— Não estou com vontade agora.

Ele entra na piscina enquanto o observo. A mancha vermelha em sua bochecha está quase saindo e seu cabelo cresceu um pouco esses dias.

— Um Martine de maçã para uma moça bonita. — Quando me viro, um homem moreno e musculoso me oferece uma taça com líquido vermelho. Acho um pouco estranho.

— Obrigada, mas não, estou acompanhada.

— Algum problema? — diz David ao se aproximar, visivelmente irritado.

— Nenhum — responde o homem, logo indo embora com um sorriso besta no rosto.

— Ele a incomodou?

— Não, só queria me dar um Martini. Pode voltar a se divertir, eu estou bem.

— Tem certeza?

— Tenho, vou ligar para minha mãe.

— Ok.

Quando David se afasta e começa a nadar novamente, pego o meu celular para ver as novidades. Pietro enviou uma mensagem e fico um pouco hesitante em abri-la, mas, depois de respirar fundo, o faço.

> Olha, me desculpe. Fiquei tão cego por gostar de você que não percebi que tinha seguido em frente. Talvez eu deva fazer o mesmo, mas, se precisar de mim, ainda estou aqui. Não vamos deixar isso afetar nossa amizade.
> Com amor, Pietro.

Respondo positivamente a mensagem, não quero ficar com raiva de quem foi meu amigo por tanto tempo. Vejo uma chamada perdida da minha mãe e retorno, mas ela só atende no último toque, quando quase desisto.

— Querida!

— Oi! Desculpa não ter ligado antes, estava ocupada.

— E põe ocupada nisso.

— Mãe!

— Estou sendo sincera e apoio você, tem que se divertir enquanto está jovem.

— Há certas coisas que é constrangedor demais falar a você.

— Pode falar, Sarah, sou mulher também.

— Hum, cadê o meu pai?

— Está aqui, brigando comigo como sempre.

— O que houve dessa vez?

— Talvez eu tenha ficado com ciúme de uma mulher que enviou um texto para ele no Facebook.

— Dona Luíza, não é culpa dele se as pessoas mandam mensagens!

— Eu sei, mas não consigo me controlar.

— Lembre-se do que falei.

— Vou tentar...

— Mas, fora isso, como estão as coisas?

— Do mesmo jeito, você sabe, mas vou lhe contar um segredo: estou planejando uma viagem para mim e seu pai, renovação dos votos.

— Que coisa boa, estou aqui torcendo por vocês.

— Quando voltar amanhã, terá uma surpresa lhe esperando.

— Você sabe que odeio surpresas.

— Eu sei, mas é coisa boa, sua boba.

— Ótimo, agora estou nervosa. Fez sua filha ficar com o coração acelerado.

— Sei que vai ficar bem, sempre fica. Agora tenho que desligar.

Quando encerramos a ligação, observo ao meu redor, respiro fundo e fecho os olhos. Tento aproveitar cada minuto, pois temos que entender o quanto a vida é preciosa e pode acabar em segundos.

Ainda estou na beira da piscina quando David aproxima-se com uma expressão divertida no rosto. Eu me inclino e lhe dou um beijo casto.

— Não vai entrar mesmo?

— Acho que não.

Ele olha para o celular que está ao meu lado e me puxa, isso mesmo, de roupa e tudo.

— David! — falo alterada.

— Desculpe-me, só queria lhe dar um beijo molhado.

— Como posso ficar com raiva de você, se é tão bom com palavras?

— Não fique — diz e me olha de um jeito que sinto como se já estivéssemos nos beijando.

David me suspende um pouco e enrolo minhas pernas nele. Nos beijamos rapidamente, primeiro, porque tem muita gente ao redor e, segundo, porque estou agoniada com o tecido molhado em mim.

— Ainda não acredito que fez isso — digo.

— Você estava tensa.

— Eu não estava tensa.

— Parecia.

— Estou aqui com você, não estou tensa. — Toco seu peito ainda úmido e ele sorri, me prende contra a borda da piscina e me dá um beijo.

É sensual e ameno ao mesmo tempo. Caramba! Estou tão apaixonada que não sei o que faria se ele me abandonasse. Ficaria partida em mil pedaços, não consigo imaginar o tamanho da dor... Estou complementa envolvida, cada beijo me deixa ainda mais caidinha por ele.

— Melhor parar por aqui – comenta ele, e eu assinto. porque: Estou fraca demais para resistir.

Ele entrelaça a mão na minha e seguimos até o quarto, onde finalmente tiro o tecido molhado de meu corpo em alguns segundos.

— Deveria ter mostrado esse corpo lá embaixo, os homens ficariam com inveja de mim e as mulheres de você.

— Como se eu tivesse um corpo bonito. Nem posso ver chocolate que engordo!

— Duvido que esteja acima do peso.

— Agora não, porque estou me cuidando.

Vou ao no banheiro e David e me acompanha. Reviro os olhos e entro no box, sem imaginar que ele entraria também.

— O que está fazendo?

— Vou tomar banho.

— Sem chance.

— Qual é, já vi você tantas vezes sem roupa.

— Tomar banho é diferente.

— Por favor. — Ele une as mãos como se estivesse implorando e termino deixando.

No início é estranho, eu nunca tinha deixado Pietro tomar banho comigo. Sejamos sinceros, David é muito teimoso e sempre consegue o que quer.

Ele pega a esponja e passa em mim. Fico com vergonha, mas logo me acostumo. A água cai em meus cabelos, traçando linhas molhadas por todo o meu rosto.

David se aproxima mais um pouco, acabando com a distância entre nós, e me beija. Cada célula do meu corpo anseia por ele... Passo a mão por sua nuca e ele me puxa com força, como se me quisesse ainda mais perto. Deslizo as unhas por suas costas e David se afasta um pouco. Prendo o meu olhar no dele e entramos em uma conexão que me faz sentir, de repente, em uma bolha. Uma bolha onde somos o mundo exterior não existe, somos apenas eu e ele. Como eu queria que isso durasse para sempre!

Capítulo 33

Fiquei um pouco triste na volta, mas eu precisava de alguns dias de folga para deixar o estresse de lado. No avião, já me pego pensando nas coisas estranhas que estão acontecendo na empresa.

— Não me diga que tem medo de avião...

— Não, só estou pensando naquele bilhete.

— Meu amor, não pense nisso, só vai deixá-la mais preocupada.

Meu coração acelera e tenho certeza de que minhas pupilas estão enormes, culpa da adrenalina provocada pelo meu nervosismo.

Ele me chamou de amor!

Amor.

Essa palavra mexe muito comigo. Somos namorados e sei disso, mas é intensa demais.

— Eu sei — respondo. Deito a cabeça em seu ombro para David não falar mais nada, pois não quero mudar meu humor e deixá-lo magoado.

Sabe como é, eu tenho mania de estragar os momentos perfeitos por causa do meu medo exacerbado de coisas novas.

Dormi nos braços de David por quase toda a viagem, no restante dela ficamos em silêncio. Fingi ler um e-book qualquer no meu aplicativo de leitura quando, na verdade, não conseguia assimilar uma só palavra do que aquele conde dizia para a mocinha apaixonada.

Longas horas depois, chego ao meu apartamento e me jogo no sofá. Que saudade sentia do meu lar!

Minha mãe disse que teria uma surpresa, será que esqueceu?

Começo a andar pelo apartamento e há tem nada de diferente. Vou ao meu quarto e desisto de procurar. Minha barriga começa a roncar.

Assim que abro a geladeira, sei qual é a surpresa.

Ah, minha mãe não existe!

É uma caixinha com diferentes brigadeiros. Ela sabe que eu amo! Pego a caixa e vou comer enquanto assisto à "Footlose". Amo essa versão mais nova.

Jogada após uma viagem intensa, só hoje, escolho deixar meus problemas um pouco de lado.

Capítulo 34

Sinto-me ansiosa para voltar ao trabalho. Quero ver se há algo na câmera escondida e quem está armando para mim.

Sinto falta de David. Não nos falamos desde que chegamos e quero muito parar de pensar nele um pouco, o que é difícil, porque consigo ver seu rosto perto do meu toda vez que fecho os olhos.

Quando chego à empresa, o barulho habitual me anima e me afasta de todos os outros pensamentos.

Em minha sala, procuro a caneta espiã onde a coloquei e, como imagino, está no mesmo lugar em que a coloquei.

Sento-me na poltrona e coloco os fones de ouvido, porque vai que alguém aparece, né? Aciono a visualização rápida e, no primeiro dia, não acontece nada. Ninguém entra na minha sala. Logo que o segundo dia começa, no entanto, minha secretária entra e senta na minha poltrona. Nenhum problema até aí, porque eu não ligo. Por sorte, a câmera tinha ficado em uma posição privilegiada. Fico realmente surpresa quando um homem entra uns cinco minutos depois, pauso e dou *zoom*. Eu o conheço!

É Alexandre!

Foi ele quem me ajudou quando tive a vertigem. O que ele está fazendo?

— Mais um dia sem ela aqui, sinto-me tão leve — diz Júlia.

Depois de Alexandre conferir se a porta está realmente trancada, se aproxima dela e a beija.

— Logo você dará um jeito de estar no lugar dela.

— Muito em breve, e você será promovido.

— Qual a próxima jogada?

— Vou fingir que ela me entregou um projeto. Escrevi um bem tosco e a fiz assinar. A coitada estava tão ocupada que pensou ser qualquer outra coisa.

— Você é brilhante, garota.

— E você é um baba-ovo — diz irritada.

Caramba, nunca desconfiei da minha secretária. Pelo visto, Júlia me odeia ou algo do tipo, mas o que fiz a ela?

— E se ela negar na frente de todo mundo? É algo que fará, com certeza.

— Ela assinou, e o dono da Diamond of Paper estará nessa reunião. Quero que pensem que ela enlouqueceu. Quem vai querer uma diretora-executiva maluca no poder?

Meu Deus, estou cercada de cobras em minha vida! Como confiarei em alguém depois de ouvir isso?

Ela sempre me pareceu tão boazinha, como as aparências enganam...

— Coitada da mulher, Júlia.

— Está querendo voltar atrás?

— Claro que não, mas você soube que ela terminou um noivado há pouco tempo.

— Que nada! Preciso ficar um pouco só. Saia, por favor.

Estou com a faca e o queijo na mão, só resta pensar em uma solução boa para essa reunião. Ela queria dizer que eu enlouqueci?

Ligo para Cláudio, que se tornou um colega distante quando me contratou. Ele até me convidou para sair, mas não ficou chateado quando rejeitei. Disse que seria antiprofissional e, talvez, por ele ter uns vinte cinco anos a mais que eu...

— Alô?

— Oi! Sou eu, Sarah.

— Oi, querida! Aconteceu alguma coisa?

— Infelizmente, sim, preciso falar sobre algo muito sério.

— Agora estou ocupado, mas passarei por aí daqui a duas horas, pode ser?

— Não tem como vir antes? É sobre essa reunião, que acontecerá daqui a uma hora e quarenta minutos.

— Vou tentar, mas se não der, você fala comigo depois.

— Ok, obrigada.

— Vejo você mais tarde.

Suspiro e, quando coloco a mão sobre meu peito, meu coração bate enlouquecido. Deve ter algo que eu possa fazer!

Pensa. Pensa.

Infelizmente, a única pessoa para quem posso mostrar esse vídeo é Cláudio. E, se ele não chegar a tempo, meu emprego estará em risco. Não posso mostrar a ninguém mais que filmei Júlia e Alexandre.

A vida ama complicar as coisas para mim.

Uma hora e trinta minutos depois, não paro de andar de um lado para outro. Vou fazer isso de um jeito ou outro, nem que eu atrase essa reunião. Tento ligar para Cláudio, mas a chamada cai em espera e não quero aborrecê-lo antes de deixá-lo saber de tudo.

Por alguma razão, meu coração está em ritmo normal até agora, e espero que continue assim. Queria enviar uma mensagem ao David para me ajudar nesse momento, mas estamos tão estranhos desde ontem.

Ah, que seja! Ele é o único com quem quero falar e ainda tenho oito minutos. O telefone toca várias vezes, mas ele não atende. Será que também está sem jeito para falar comigo?

O problema não era ele, e sim eu! Nesse caso não é clichê, porque é a verdade. Quero lhe dizer isso, mas, após três tentativas, eu desisto.

Faltam dois minutos quando Júlia entra em minha sala com expressão de boa moça e diz que a reunião está para começar. Na boa, como a pessoa pode tentar fazer um mal tão grande e ainda manter essa carinha de boazinha?

— Tem como atrasar a reunião um pouco? O Cláudio ainda não veio e quero ter uma conversa com ele antes.

A mulher me olha com a testa franzida e senta-se na cadeira à minha frente. O modo como cruza as pernas a faz parecer um pouco assustadora.

— Por quê?

— Só uma coisa de última hora...

— Você está pálida.

Droga! Toco meu rosto e respiro fundo ao pegar meu celular para conferir as mensagens ou ligações, mas tudo permanece igual. Terrivelmente igual.

— Acho que minha pressão deve ter baixado — minto e dou de ombros. É a única maneira de ela não desconfiar de nada.

— Qualquer coisa, estou aqui. — Pega minha mão e tento esboçar um sorriso, não acredito que consiga chegar esse ponto.

— Obrigada.

— Enfim, vi suas fotos com aquele CEO...

Ela quer falar do meu namorado agora? Sério mesmo?

— É, estou namorando novamente.

Lembro-me da conversa que ela teve com Alexandre e meu rosto se contorce um pouco, mas logo consigo sorrir novamente. Não posso dar na cara que sei de tudo, né?

— Fico feliz. Ele é legal?

— Sim. Agora, se me dá licença, preciso fazer uma ligação.

Júlia sai com os saltos batendo sobre o piso e nunca fiquei com tanta raiva deles.

Tento ligar novamente para David. Será que aconteceu algo com ele? Era só o que me faltava...

Mais dez minutos se passam e nada de o Cláudio chegar. Tento ficar calma, mas é a minha reputação que está em jogo. Está tudo tão confuso em minha cabeça que ainda nem acredito que tudo isso é verdade.

— Sarah, cheguei um pouco atrasado, mas ainda temos cinco minutos antes da reunião.

Solto o ar que estava prendendo quando Cláudio chega à minha sala.

— Tenho algo realmente sério para falar, mas não poderia deixar para depois. Tenho que mostrar agora, antes da reunião começar. O senhor tem que acreditar em mim.

— Eu acredito — diz ele, e peço para que se sente.

— Estão tentando me sabotar. Lembra-se do *bug* no site?

— Lembro, você tinha me dito que aconteceu várias vezes.

Entrego o meu celular a ele, que me olha como se estivesse louca. Está com a testa franzida, mas o convenço a assistir.

É claro que tinha gravado apenas a parte que importava, para não tomar tanto o tempo desse homem compromissado. Enquanto ele digeria cada palavra daquele vídeo — coisa que eu já havia feito, de tantas vezes que o assisti —, ando de um lado para outro.

— Não acredito nisso!

— Eu falei que era horrível.

— Devo alertar que você foi um pouco descuidada quanto a assinar um documento sem ler.

— Eu sei.

— Mas, mesmo assim, cuidarei disso. Estou do seu lado.

— Muito obrigada — digo sinceramente e ambos nos levantamos.

Diante de tanta aflição, vou até ele e o abraço. Cláudio tem idade para ser meu pai, então é assim que o vejo nessa hora. Um dos problemas está resolvido.

Ah, se eu soubesse o que viria por aí.

Capítulo 35

Estou em casa, deitada no sofá, após um banho relaxante. Vejo algumas mensagens do meu fã-clube quando ouço batidas à minha porta.

Só pode ser uma pessoa...

Abro a porta e um David aborrecido invade meu apartamento. Não entendo, mas, quando vejo um objeto pequeno em sua mão, sei do que se trata. Fico ansiosa, aposto que minhas pupilas estão muito dilatadas.

— Me diz que isso não é seu... — Ele levanta a caneta até a altura dos meus olhos e abaixo a cabeça.

— Que caneta é essa?

— Você é uma péssima mentirosa! Eu até pensei que estivesse enganado, mas você acabou de confirmar.

— Eu posso explicar.

— Você pode explicar que colocou uma câmera na minha casa? Achou que eu nunca descobriria?

E, pela primeira vez, deixo meu orgulho de lado começo a chorar. Lágrimas grossas caem pelo meu rosto enquanto David me olha com uma raiva que não parece se atenuar.

— Me perdoa, isso já faz um tempo... — Minha voz está tão trêmula que nem acredito ser minha.

— Não, você não entendeu. Eu me doei, de verdade, mas pelo visto não é recíproco.

— Não é isso, você está entendendo tudo errado.

— Me diz a verdade, se for possível.

Eu nunca tinha visto David dessa forma. Ele ama ou odeia com a mesma intensidade, seus olhos parecem envoltos de uma névoa densa que não se dissipa. Isso é como levar uma facada no coração.

Não consigo dizer uma palavra. É como se minha garganta estivesse fechada, um nó se formou ali, tenho certeza.

— Não tem nada a falar? Então vou embora.

Cada passo que ele dá me magoa mais. Na última vez ele se precipitou, mas agora realmente tive culpa. Sabia que uma hora ou outra destruiria o que existia entre nós.

— Por favor, fica — peço quando David chega à porta. Ele se vira e olha para a mão que ainda segura a caneta e a joga para bem longe.

— Aposto que tem outras câmeras por aqui.

— Me escuta, eu posso explicar — falo em meio às lágrimas. Estou desesperada como nunca havia estado. Não sei se foi a pressão da manhã e da tarde, ou se é porque David está aqui claramente para acabar com nosso namoro.

— Você realmente acha que isso tem explicação? Eu posso denunciá-la, você sabe disso, certo?

— Sei, mas queria descobrir se você estava envolvido nas sabotagens da Diamond...

David está me fuzilando com os olhos. Eu achava que não podia piorar.

— Sarah, isso é ainda pior. Você tem noção do que fez?

— Tenho! Estou aqui engolindo todo o meu orgulho, por favor, me perdoe...

— E como você descobriu que estava errada?

— Vi você falando com a sua irmã e percebi que era inocente.

— Ah, por isso não parecia tão surpresa quando falei da minha doença!

A cada palavra que ele diz de um jeito cruel, meu coração murcha. Sinto não ser merecedora de nada nessa vida, como se não houvesse solução.

— Enfim, descobri que era minha secretária quem estava tentando me derrubar.

— Caramba, você acha mesmo que a levaria para o médico e cuidaria de você para, depois, traí-la pelas costas?

— Escutei uma conversa estranha sua enquanto estávamos na viagem e fiquei confusa novamente, mas agora eu sei que você não é culpado.

— Agora é um pouco tarde demais.

— Não é, por favor.

— Eu não consigo e, só para você saber, ajudo uma instituição de crianças e adolescentes com Lúpus. Aquela ligação era porque o dinheiro não tinha chegado ainda.

Tapo minha boca. Como pude pensar algo ruim desse homem? Agora me sinto ainda pior, se isso for possível.

— Oh, me sinto tão mal.

— Deveria mesmo se sentir, olha a bagunça que você fez!

— David, nunca quis isso.

— Poderia ter conversado comigo. — Ele está respirando fundo, talvez esteja reconsiderando o meu perdão.

— Eu sei, mas na hora pareceu ser o certo. Vou pedir perdão mil vezes se possível, apenas entenda o meu lado.

— Sarah, eu nunca colocaria uma escuta na casa de outra pessoa.

— Você prometeu não me abandonar...

— Isso foi antes de saber a verdade.

Depois disso, ele sai e bate a porta do meu apartamento com força, fazendo com que eu caia desolada no chão.

Capítulo 36

Dez dias se passam desde o ocorrido e, pela primeira vez, demoro para contar algo à minha mãe. Espero que ela não fique chateada.

Estou profundamente triste.

Fui para a empresa todos os dias, mas é como se fosse uma casca oca. Parece que morri por dentro, não sei explicar, a sensação é de puro vazio.

Hoje faltei e inventei um motivo qualquer para isso. Estou olhando o Instagram de David mais uma vez, porém não há qualquer atualização. Pelo contrário, ele apagou a nossa foto e tive que fazer o mesmo, o que levou os fãs a descobrirem que não estamos mais juntos.

Eu sou muito imbecil. A coisa mais estranha nesse exato momento é que minha mãe já deveria ter chegado, mas está quinze minutos atrasada.

Devo ser paranoica, pois estou sentindo ter algo está errado. Ligo novamente para ela, mas não atende. Talvez esteja longe do celular ou não possa atender por estar dirigindo.

Ligo a televisão para fazer o tempo passar mais rápido e deixar a mente fora de ideias ruins.

O filme "Sempre ao seu lado" está passando e começo a chorar. Digo a mim mesma que é por causa do filme. Olho de novo para o relógio, mais quinze minutos passaram e o tic-tac está me deixando louca.

Ligo para meu pai, talvez estejam juntos.

— Pai?

— Oi, querida.

— Mamãe ainda não chegou, que horas ela saiu daí?

— Faz um tempo. Que estranho, já está tarde demais...

— Foi o que pensei.

— Vou tentar ligar para ela enquanto você espera aí.

— Tudo bem.

Uma hora passa e começo a me sentir aterrorizada. Minha mãe vive grudada no celular, nunca deixaria de atender nossas ligações. Nesse instante meu celular toca, mas é de um número desconhecido. Prendo o ar à espera de que seja a voz da minha mãe, mas é outra pessoa quem diz:

— Você é Sarah Borges?

— Sou eu mesma.

— Sinto muito informar...

Meus ouvidos abafam o restante. Pego a chave do carro e praticamente voo até o endereço informado.

O hospital me faz querer chorar. Não acredito nisso! Eu estava sentindo algo ruim, sabia que não era coisa da minha cabeça, porém pensar e saber são coisas diferentes.

— Querida. — Meu pai abre os braços e me jogo contra seu peito, choro tanto que temo nunca mais parar..

— Isso tudo é minha culpa, eu não deveria tê-la chamado hoje.

— Você não tem culpa, querida. As coisas acontecem mesmo que a gente tente evitar.

— Estou em um pesadelo, certo?

— Infelizmente, não. — A voz sempre firme de meu pai começa a falhar e sinto uma dor aguda em meu peito. A vida não pode ter feito isso comigo, é injusto.

— Quero acordar, porque a dor aumenta a cada segundo — falo desabando em lágrimas.

— Não se culpe, Sarah.

— Mas tenho, sim, uma parcela de culpa.

— Ela ficará bem, eu prometo.

— Quero vê-la — peço ao me afastar de meu pai e tentar enxugar minhas lágrimas.

— O médico pediu para aguardarmos um pouco.

— Não quero aguardar, já esperei demais essa noite! — Vou em direção à mulher atrás de um balcão.

Ela me olha com pena e continua lixando as unhas.

— Sinto muito, o médico pode chegar a qualquer momento.

— Eu quero entrar agora! — Bato a mão com força no balcão, e ela se sobressalta.

— Sinto muito, não posso permitir.

— Você é treinada para dar a mesma desculpa mil vezes? — Estou ainda mais alterada, sinto a raiva fervilhar dentro de mim. — Eu quero ver a minha mãe! Se você disser "sinto muito" outra vez...

— Filha, calma. — Meu pai interfere e coloca a mão em meu ombro, mas nem isso é reconfortante.

— Não quero me acalmar, quero ver minha mãe... — As lágrimas estão ameaçando cair novamente, então minha vista escurece e perco a força.

Capítulo 37

Acordar é algo fácil. Começo com os olhos semicerrados, até lembrar o real motivo de estar aqui.

Levanto-me bruscamente e minha visão escurece outra vez, mas não me importo. Avanço pelo corredor e pergunto a uma enfermeira se sabe onde está a senhora Borges, mas o que recebo é a mesma resposta evasiva. A cada passo que dou, sinto-me mais fraca, mais oca.

Ando distraída... até contra alguém e quase cair.

— Sarah, o que está fazendo? — A voz familiar me faz levantar a cabeça depressa.

— O que você está fazendo aqui?

— Seu pai ligou para mim e disse que você estava muito mal, então lhe trouxe isto. — Ele me estende um buquê com vários girassóis.

— Como sabia que eram minhas flores favoritas?

— Alguém pode ter me contado... — Ele aponta a cabeça para meu pai, que está sentado com seu olhar triste e tenta sorrir para mim.

— Tenho que achar minha mãe.

Sigo até meu pai. Enquanto estive inconsciente, ele deve ter tido notícias dela, certo?

— Cadê ela? Só vou sossegar quando vê-la, pai, entenda.

— O médico já veio me procurar, filha. — A voz dele está trêmula e abafada, como se já tivesse chorado bastante.

— Ah, não.

Toda a parte de mim que queria ficar calma vai para o espaço. Viro-me para David e o abraço apertado. Isso só pode ser um pesadelo do qual vou acordar e encontrá-la ao meu lado, contando histórias para eu dormir.

Não demora para a blusa de David estar encharcada, mas não ligo.

— Ela não morreu, filha.

— Não? — Não tenho força para levantar a cabeça do peito de David, o perfume que exala dele é bom demais. Não quero me afastar, sinto-me melhor só em tê-lo aqui me apoiando.

— Ela está em coma...

— E o estado? — Dessa vez viro a cabeça olhar para meu pai, mas me mantenho estou abraçada a David.

— Não é dos melhores, mas é a sua mãe! Ela tem que sair dessa, é teimosa o suficiente.

— Por favor, não me contem os detalhes do acidente. Não quero saber.

— É você quem decide, filha.

— Quer visitá-la agora? — pergunta David baixinho ao meu ouvido.

— Claro!

Vou com David até onde minha mãe está. Vê-la naquele estado me deixou tão mal que pensei que fosse morrer. Coloco as flores no criado-mudo perto da cama de hospital.

— Quer que eu a deixe sozinha?

— Não, por favor, quero falar com você.

Ele se senta na poltrona e continuo em pé. Começo a andar em círculos para colocar meus pensamentos em ordem.

— Sei que é uma péssima hora, mas queria perguntar se você me perdoou. — Estalo os dedos da mão direita, mas estou tão nervosa que estalo também os da mão esquerda com uma força que poderia quebrar os ossos.

— Sim, não concordo com as coisas que fez, mas consigo entender.

— Sério? Isso não é por pena, né?

— Não, é porque amo você.

Paro de andar e o encaro. Eu o ouvi dizer que me ama?

— Você me ama? Mesmo depois de tudo?

— Vou tentar esquecer esse negócio de câmera escondida, porque eu quero você. — Ele se levanta e cada passo que dá me faz ansiar por abraçá-lo. Mas, ao mesmo tempo, acho errado ser feliz enquanto minha mãe está em coma na minha frente.

— Eu também quero você — digo quando estamos cara a cara.

Esse homem está tão bonito, sua barba parece um pouco maior e suas olheiras me dizem que tem dormido mal. Novamente, vejo um reflexo do que sou.

— Mas?

— Mas não posso fazer isso agora. Quero que minha mãe acorde, quero saber se ela está bem.

— Eu entendo. — Ele segura e beija minha mão. Ao encontrar seus olhos azuis, sinto meu corpo ganhar vida novamente, mas há uma parte que ainda está podre.

— Nem quero olhar para minha mãe, isso é horrível.

David me aconchega em seu peito e passo os braços por sua cintura.

— Vai ficar tudo bem, eu estarei com você.

Assinto enquanto seus dedos acariciam meus cabelos, fico com sono e acho que está na hora de ir para casa. Não vou mudar o estado de minha mãe se estiver aqui.

Ao passar por meu pai, peço para me avisar sobre qualquer mudança, por mais ínfima que pareça ser.

Escolho ficar sozinha e, por sorte, David me entende. Olhar para as quatro paredes da minha casa depois de saber tudo o que aconteceu não é nada fácil. Tento me lembrar da nossa última conversa, não é difícil porque foi bem rápida pelo telefone.

Liguei para ela, que estava assistindo a algum programa chato na TV, e pedi para que viesse até aqui. Queria muito contar sobre David, pois era única que me entenderia de verdade.

— Vou fazer esse sacrifício por você, já que parece tão abatida, querida.

— Vem o mais rápido possível?

— Só tenho que me arrumar. Sabe o quanto gosto de estar sempre impecável.

— Claro que sei.

— Até logo.

Ela disse que seria um "até logo", e não um adeus. Nem pude abraçá-la uma última vez e, só de pensar nisso, minha garganta dá um nó. Nunca pensei que a vida poderia ser tão difícil. Por que quer tirar de mim a única pessoa que me ama incondicionalmente?

Por quê?

Eu nunca pensei que fosse me sentir tão mal quanto agora, agarrada ao meu travesseiro, tentando me lembrar de todas as coisas que minha mãe já me disse.

— *Não chore, querida, os primeiros empregos sempre dão errado.* — Ela me falou quando eu queria estagiar em um banco aos dezesseis anos.

Deus, me escute, se ela morrer, eu morro junto. Por favor, não me deixe órfã de mãe, eu perderia a razão de viver.

Vou olhar meu Instagram para passar o tempo, mas logo me arrependo. Vejo que várias pessoas me marcaram em uma postagem e acabo descobrindo como minha mãe sofreu o acidente... Quando ela foi desviar de um buraco, o carro capotou.

Peço aos meus seguidores para não me marcarem mais nisso, pois não é uma coisa muito legal de ver. Também recebo vários comentários positivos, de pessoas que disseram que orariam por mim e por minha mãe. Não consigo agradecer a todos, mas sou eternamente grata.

Capítulo 38

Um mês depois...

Queria muito que tudo estivesse correndo bem, mas os médicos disseram que minha mãe não vai mais acordar. Tentei ficar calma, e isso me levou para onde estou agora.

— Está se sentindo melhor?

— É como se meus problemas estivessem desaparecendo.

— Agora durma.

A minha visão escurece.

Quando abro os olhos novamente, o quarto está escuro. Se está se perguntando onde estou, no hospital. Pedi um remédio para dormir, um tipo de sonífero medicinal que a enfermeira me entregou. Agora me sinto muito mais calma.

Esse último mês foi o mais difícil de toda a minha vida. Só de pensar que nunca mais verei alguém que amo está acabando comigo. Passo mais tempo perto da minha mãe do que existindo, mas só olhá-la e saber que o seu coração ainda está batendo me dá esperanças, mesmo que todos digam que ela pode não sobreviver.

Não sei se estou ficando maluca, mas tenho certeza que vi o dedo dela mover-se levemente alguns dias atrás.

Meu chefe me autorizou a passar o tempo que precisasse fora da empresa, porém sinto como se eu não fosse mais voltar. Não tenho vontade, algo me diz que aquilo já deu para mim. Talvez seja o calor da emoção, ou seja a hora de mudar.

— Toc-toc — diz meu pai, parado à porta.

Eu tento dar um sorriso, mas sai tão sem graça que ele faz careta.

— Continua acreditando? — pergunta e senta-se na poltrona ao meu lado.

— A esperança é a última que morre.

Ele pega minha mão como se estivesse me preparando para algo. Sei o que vai falar e não quero ouvir.

— Já está na hora, ela não vai mais voltar.

— O coração dela ainda está batendo, ela está aí.

— O médico quer desligar os aparelhos amanhã.

— Não podem fazer isso, o senhor não pode deixar! — Levanto-me e uma dor me domina, o medo não me deixa pensar. Por sorte, ainda estou um pouco dopada.

— Sarah, eles não veem mais jeito.

— Eu continuo acreditando, ela é minha mãe. — Olho para a mulher que me deu a vida e passo a mão por seus cabelos. Meu coração se fecha, não consigo passar o resto dos meus dias sem ela ao meu lado. Minha mãe tem que conhecer os netos e dizer que é nova demais para ser avó.

— Eu sei.

— Por favor... — Minha voz já está falhando novamente.

Fala sério, como alguém pode passar o resto da vida pensando que nunca mais vai ver o sorriso ou a voz de uma pessoa que ama?

— Sinto muito, querida.

Pego minha bolsa e saio do quarto. Ligo para David, que tem me apoiado muito nesse último mês, apesar de eu tê-lo afastado bastante. Não sei como ele insiste em ficar ao meu lado, mas me lembra sempre que nunca me deixaria numa situação dessas.

Fofo!

— Olá.

— Oi — digo com a voz embargada.

— O que houve?

Sinto as paredes brancas fechando-se ao meu redor e uma solidão eminente me envolve.

— Pode vir me buscar?

— Chego em quinze minutos.

Enquanto aguardo David, observo as pessoas entrando na sala de emergência enquanto as outras ficam desesperadas do lado de fora. Sei que foi assim que eu estava há pouco mais de um mês... Quem não ficaria?

Essa vida é tão passageira que devemos aproveitar cada segundo. Se minha mãe se recuperar, prometo que darei mais atenção a ela.

— Sarah, você está bem? — pergunta David ao se aproximar rapidamente de mim. Eu me levanto e o envolvo em um abraço apertado e sufocante.

— Nada bem, mas conto a você no caminho. Só quero sair daqui.

— Claro. — Ele entrelaça os dedos de sua mão grande nos meus e sinto-me melhor. David tem esse poder sobre mim, é meu calmante natural.

No caminho para casa conto tudo, sobre o meu pai querer desligar os aparelhos que estão mantendo minha mãe viva e sobre, no momento, eu precisar muito de um milagre.

— Não perca a esperança, e eu estou aqui.

David coloca a mão em minha perna e a deixa lá até chegarmos a casa.

— Obrigada mesmo. Você não sabe o quanto tem sido importante para mim — digo quando ele está prestes a abrir a porta para sair do carro.

Ele pega a minha mão e me olha. Não consigo ler sua expressão.

— Sarah, eu amo você.

Quando ele joga a bomba, deixa-me sem reação. Ficamos em silêncio e me faço muitas perguntas, meus pensamentos não se calam nem por um instante. Ele baixa a cabeça.

— Tudo bem se você não sente o mesmo. — David solta minha mão e eu seguro a dele novamente. Posso ver a centelha de esperança que percorre seu olhar.

— Só não estava preparada, eu também amo você... É estranho falar isso em voz alta, mas sou o tipo de pessoa que sente o amor. Não preciso dizer, já que palavras se dissolvem no ar.

— Bem, sou o tipo de cara que precisava falar. Estou sentindo isso há muito tempo.

— Queria estar em um bom momento, mas agora me sinto devastada por dentro. Sei que, às vezes, sou uma idiota e me perdoe por isso.

— Eu entendo. Vi como você e sua mãe eram próximas.

— Somos — Corrijo.

— Isso, o que quero dizer é que eu estava falando sério quando disse que não a abandonaria.

Toco seu rosto com a minha mão livre e David fecha os olhos como se aproveitasse cada segundo.

— Sabe, eu estava pensando esses dias... Você nunca me falou sobre suas ex-namoradas...

David abre os olhos e solta uma gargalhada. Então responde em seu tom mais sedutor:

— Não queria que soubesse dos meus antigos esquemas, isso acabaria com a minha imagem.

— Estou falando sério, David!

— Bem, eu tive duas. Maria que foi na minha adolescência, ela era legal, gostávamos das mesmas coisas e acho que isso foi o ponto negativo. Sempre curti um pouco de caos...

Ele para de falar e fica pensativo, então preciso forçá-lo a continuar:

— E a outra?

— Foi uma garota chamada Júlia, mas faz um tempo.

Dou um sorriso ao pensar que é o nome da minha secretária, mas logo descarto a ideia. David nunca ficaria com ela, não é seu tipo.

— Como ela era fisicamente?

— Ela era loira e baixinha, porque?

Solto um suspiro e fico aliviada.

— Por nada, agora podemos ir? Estou cansada e amanhã quero chegar bem cedo ao hospital.

— Seu pedido é uma ordem.

Capítulo 39

Quando eu era pequena, minha mãe me deixava usar maquiagem, porque dizia para ser uma coisa obrigatória para a vida.

— *Os homens vão convidá-la para sair por causa da sua aparência, nunca fique desleixada!*

Era quase um mantra dela.

Por outro lado, meu pai me dava livros, mais do que eu podia ler, para que me ensinassem o caminho que eu seguiria.

Antes eu era uma leitora assídua, agora, embora eu seja diretora-executiva de uma empresa editorial, mal me concentro nos livros. Continuo amando ler, mas é como se esse sentimento tivesse diminuído. Voltando para a maquiagem, se eu fosse "desleixada", talvez não me tornasse CEO. E se eu não gostasse de criar projetos ou nunca tivesse aprendido a amar livros, minha vida seria diferente.

O que quero dizer é que somos um conjunto de todas as pessoas que amamos. Quando somos crianças queremos vestir as roupas dos pais, queremos seguir seus passos, eu sou um conjunto dos meus, e como sou grata a eles.

Eu os amo muito.

É nisso que estou pensando com um livro na mão quando percebo que há algo estranho acontecendo. A máquina de batimentos da minha mãe começa a acelerar e chamo um médico.

— Fique aqui fora — alerta o doutor.

Fico nervosa, meus batimentos sobem e sinto uma onda de pânico atingir-me com intensidade máxima.

— Eu quero ir lá.

Ouço o barulho da máquina se intensificar e, quando entro no quarto, percebo algo que realmente não queria... Os batimentos cessaram.

— Não! — grito e vou até minha mãe. Passo o braço sobre ela e, quando estou baixando a cabeça, uma enfermeira me puxa com força.

— Eu sinto muito.

— Você não sente, você não sabe como ela é! Minha mãe é a melhor pessoa do mundo. É com quem eu falo todos os dias e com quem estou sentindo falta de conversar... Nem posso contar que meu namorado declarou me amar, porque ela não está mais aqui — grito tão alto que não sei como a enfermeira não se abala. Ela permanece com a mesma cara de sempre. Acho que já está acostumada.

— Eu sinto muito, preciso anotar algumas coisas. Depois você pode se despedir dela.

Estou parada olhando para o nada, porque ainda não acredito no que está acontecendo, não é possível.

Fico meia hora olhando para o corpo sem vida de minha mãe. Meu pai está ao meu lado, liguei para ele logo depois de tudo. Estou em estado de choque. A enfermeira me deu um calmante, senão eu já teria surtado.

— Não sei se ela contou a você, mas nos conhecemos em uma ponte.

— Ah, pai! — Pego a mão dele e lhe mostro um sorriso triste.

— Ela era a garota mais linda... Era uma mulher linda.

— Não sei mais o que quero, pai, tudo se misturou na minha cabeça.

— Confio em você, ainda tem um enorme caminho pela frente.

Fico ao lado do leito. Uma lágrima grossa desce pelo meu rosto e cai pelo queixo. E é nessa hora, exatamente quarenta e cinco minutos depois, que sinto um dedo da minha mãe se mexer levemente.

— Pai, eu a senti se mexer.

— Isso é impossível!

— Chama o médico.

Aos poucos, mais sinais de vida. Como é possível? Ela morreu e agora está movendo os dedos?

O médico entra na sala e começa o processo de reanimação. Saio sem conseguir pensar direito e me sento no chão frio do hospital.

— Você está bem? Sinto muito pela perda, meu amor... — É David quem pergunta, chegando nesse momento. Eu balanço a cabeça e depois assinto, porque ainda estou confusa demais para ter qualquer pensamento bom ou ruim. — O que houve?

— Minha mãe começou a mover os dedos.

— O quê?

— É loucura, né? Depois de quase uma hora com o coração parado.

— E por que você está aqui?

— Não estou conseguindo raciocinar, David. Me belisca, quero acordar.

— Primeiro, nunca beliscaria você e, segundo, me dá a mão. Vamos sair desse chão. — Aceito sua mão estendida. Quando em pé, ele me dá um abraço e beija minha testa.

Volto para o quarto, onde a enfermeira abre a porta para mim. Sinto-me tão afortunada, é como ganhar na loteria, só que infinitamente melhor.

— Ai, meu Deus. — Tapo minha boca ao ver minha mãe com os olhos levemente abertos. Ela esboça um sorriso, mas percebo que está muito fraca.

— Ela precisa de repouso — diz meu pai, seu sorriso é tão imenso quanto o meu.

— Não estou acreditando.

David aperta meu ombro levemente e encosto a cabeça em seu ombro. Recebi um presente enorme da vida, espero saber dar valor.

Assim que minha mãe abriu os olhos como um milagre, começo a me lembrar de pequenas coisas, como quando ela me dava seus conselhos loucos ou me ajudava a fazer compras.

Não sou perfeita, poderia escrever uma lista interminável de coisas que faço errado, mas, se tem algo que tenho certeza fazer certo, é amar.

Aprendi a amar com todas as forças, talvez a queda me deixe destruída, mas gosto de correr esse risco. Afinal, junto de grandes amores vêm grandes medos.

Capítulo 40

Dois meses depois

Minha mãe sobreviveu como um milagre e está ficando cada dia melhor. Depois de tanto tempo, ainda não acredito que ela está tão recuperada.

— Por que não está voltando para seu trabalho? — pergunta ela com a voz bem baixa.

— Eu pedi demissão...

— O quê?

— Isso mesmo. Quero me mudar também, montar algo para mim em algum outro lugar.

— Você vai se mudar?

— Relaxa! Vamos nos falar todos os dias.

— Não é a mesma coisa, vai deixar sua mãe assim?

— Você já está bem, dona Luíza!

— Me dê um abraço. — Eu vou até ela e faço o que pede, sinto-me tão grata por tudo.

Coisas ruins aconteceram comigo para eu aprender a evoluir e me encontrar. Espero que essa tenha sido a última pegadinha da vida.

Vou montar minha própria livraria, o nome será Love Story.

— E o que seu namorado acha disso?

— Tenho uma proposta para ele.

— Hum, espero que dê tudo certo, querida.

— Obrigada, mãe.

Dou um beijo em sua testa e ela começa a chorar. Sei que é de felicidade, então me deixo levar pelo momento e faço o mesmo.

Faço a minha proposta para David, que fica em silêncio por uns dois minutos. Estamos na casa dele, em seu sofá. Ele está tão surpreso que fico com medo de que não aceite.

— Meu pai vai enlouquecer — fala quebrando o silêncio.

— Eu sei.

— Mas aceito.

— Que bom. — Abraça-me bem apertado e me suspende.

— Eu sou o homem mais feliz do mundo, sabia?

— É, você e todos os outros falam a mesma coisa.

— A diferença é que eu realmente sou.

Olhamo-nos e entramos em uma bolha novamente. Nunca mais tínhamos conseguido, dado os problemas pelos quais eu estava passando, e dessa vez foi diferente, muito intenso. Sabia que tinha encontrado o meu parceiro de vida.

Nos últimos meses, David tem sido meu parceiro em todos os aspectos. Animava-me quando estava triste, me presenteava com girassóis, dormíamos de conchinha e eu podia falar um monte de problemas que ele ouvia. Se isso não for parceria, eu não sei o que é.

Sei que ele tem uma doença que pode evoluir para outra ainda mais grave, mas quem liga para isso? Eu amo esse homem e, mesmo se isso acontecer, estarei ao seu lado. Posso até doar um rim, se ele precisar.

— Tenho um presente para você.

— Você é cheio de surpresas...

Ele faz um sinal como se dissesse "já volto" e vai até o quarto. Fico ansiosa e me preparo para o tal presente. Quando David volta, instantes depois, com uma caixa média de veludo na mão, sei que não pode ser um anel. E quem liga para essas formalidades?

— Estava passando na frente de uma joalheria e vi isso. — Ele abre e admiro o lindo colar dourado com uma pedra azul. Sei exatamente que joia essa... é um topázio.

— David, não precisava. Deve ter custado uma fortuna.

— Quer que eu coloque?

— Quero.

Viro-me levantando o cabelo, que está um pouco maior agora, e ele coloca a gargantilha em meu pescoço.

Vou até o espelho . A joia é ainda mais bonita do que pensei.

— É incrível demais, agora vou pensar nos seus olhos o tempo todo.

— Essa era a intenção.

Ao virar-me, seguro sua nuca e lhe dou um beijo. Várias sensações percorrem meu corpo e me sinto segura e feliz em seus braços.

David despenteia meu cabelo com suas mãos ávidas. Com um impulso, enlaço minhas pernas nele e o sinto começar trilha de beijos delicados em meu pescoço. Estou sedenta por ele, e espero que isso nunca passe.

Capítulo 41

Um ano depois

Foi muito difícil chegar aqui, principalmente porque os vistos e toda a papelada demoraram um pouco para sair, mas o esforço valeu a pena. Nos mudamos para o interior de Londres, onde fica a nossa livraria. Graças a Deus, David gostou do nome que sugeri e ficou Love Story mesmo.

O lugar é calmo e os vizinhos são tão legais quanto imaginei, tudo muito diferente. Sinto-me em paz. Aqui a arquitetura é tão bonita que me inspira a cada dia.

Ah, quase ia esquecendo a parte mais importante de tudo isso: estou grávida de seis meses! A barriguinha já está evidente e todos os dias me pego pensando em como minha menininha será, ela já é muito amada.

— Tenho uma surpresa para você.

— Cheio de surpresas...

Ele solta uma risada e tira de seu bolso uma caixinha de veludo. Talvez sejam os hormônios, mas começo a chorar. Sei que é um anel e, quando David abre, meu coração acelera demais.

— Sarah Borges... — Ele se ajoelha no estilo mais romântico, fico tão emocionada que minha maquiagem provavelmente está toda borrada. — Aceita se casar comigo?

— Claro!

David levanta-se e, com todo o cuidado do mundo, coloca a mão sobre minha barriga.

— Nossa garotinha vai crescer em um lar com muito amor e será um pequeno gênio.

— Disso eu não tenho dúvida.

Sorrio e enlaço o pescoço de meu noivo — tão estranho pensar isso, nem imagino quando eu for falar –, dando-lhe um beijo casto.

Não imaginaria minha vida sem ele e sem minha filha. Já até pensei em um nome, Holly, que ouvi em algum lugar por aqui e me apaixonei.

— Eu amo tanto você — digo ao homem com quem passarei o resto da minha vida.

— E vai me amar mesmo quando eu falar que quebrei sua câmera fotográfica sem querer?

Arregalo os olhos, surpresa com a confissão, e David finge observar ao redor, desconfiado.

— Isso foi sério mesmo?

— Foi, estava na livraria tirando umas fotos e a deixei cair da minha mão. Mas posso comprar outra pra você.

Solto uma gargalhada e David me olha como se eu fosse a mulher mais especial do planeta, na verdade, sinto-me como se fosse. Ele está me ajudando tanto nesses últimos meses que a única coisa que posso fazer é agradecer.

Nossa casa em Londres é bastante charmosa, parece que estamos no passado. É uma cidade linda pela qual me apaixonei perdidamente, além de ter uma faculdade incrível na qual minha filha vai poder estudar.

Se alguém me dissesse há um ano onde eu estaria agora, responderia que enlouqueceu. Amava ser diretora-executiva, mas descobri que amo ainda mais ter o meu próprio negócio. Morar em outro país é um combo maravilhoso!

— Amo você mais do que tudo – diz ele. – Você me fez ver o mundo de outro jeito, esse bebê é o melhor presente que a vida me deu.

— Toda essa conversa me deixou com fome. Tem como conseguir aquela torta da Dona Ellen? — Faço biquinho e sei que é ridículo, mas ele me dá um beijo bem rápido e sorri:

— Pedido de grávida é uma ordem.

Até imagino como ele será com a nossa filha. Vai querer mimar essa criança e transformá-la em uma fã maluca de "Star Wars" e quadrinhos.

De verdade, não me importo. Estou contando os segundos para ver o rostinho dela e saber se vai puxar a mim ou ao David. Até lá, as dores nas costas estão aumentando e minha coluna está cada vez mais torta.

Tudo por essa menininha.

Estou indo para um grupo de gestantes. Faço isso quando estou muito nervosa, esses hormônios estão me deixando maluca e choro por qualquer coisa.

Fico pensando se vou ser uma boa mãe, se vou saber dizer "não", se serei melhor que a minha mãe. Essas questões são tão difíceis de responder.

O que importa é que tenho David, meu futuro esposo, para me ajudar com tudo isso.

Você deve estar se perguntando por que ele só me pediu em casamento agora, certo? Tínhamos feito um acordo de que ele só me pediria em casamento quando nossa filha estivesse prestes a nascer. Sei que ele estava morrendo de vontade de pedir antes, mas aceitou numa boa minha decisão, já que estávamos morando juntos e pouca coisa mudaria.

Outra coisa que eu e David combinamos é todo ano levar nossa filha para visitar os avós, que ficaram muito tristes com nossa partida, mas muito felizes por nós também.

A minha mãe já estava muito bem quando nos mudamos e nos falamos praticamente todos os dias por Skype. A tecnologia é mesmo uma coisa boa, viu?

É um milagre que ela esteja tão bem, nem ficou com sequelas e me pergunto como. Obrigada mesmo, Deus! Agora minha filha vai poder conhecer a avó.

Estou sentada no sofá e com os pés na mesa de centro quando David volta com a minha torta de morango.

— Obrigada mesmo! Você salvou o meu dia.

— Tudo por minha futura esposa.

David senta-se ao meu lado e beija meu pescoço. Dou-lhe um sorriso malicioso, que ele retribui, mas depois volto minha atenção para a torta. Ele passa o braço pelos meus ombros e coloco um filme de romance, está na minha vez de escolher.

Epílogo

Sarah teve a brilhante ideia de chamar vários autores internacionais para autógrafos. Além disso, ela queria fazer alguém muito feliz, por isso criou um concurso de escrita. Quem vencesse teria seu livro publicado. Seu marido foi totalmente a favor de seus projetos.

David conseguiu produzir vários livros com folhas ecológicas e ficou muito feliz por ter um projeto que ajudasse o meio ambiente. Estavam tão contentes.

A livraria estava indo bem, e a família deles estava completa com a chegada da pequena Holly. David havia amado o nome que sua esposa escolheu, embora preferisse Leia, ao que Sarah foi totalmente contra.

A pequena Holly era tão bonita; pele morena como a mãe, mas olhos castanho-claros. Era a bebê mais bela que eles já tinham visto e já estava sendo muito mimada, embora Sarah deixasse claro para não fazer isso demais. Não demais, pois não queria que filha crescesse acreditando que tudo seria fácil.

E assim, em Cambridge, tudo estava perfeito.

Nota da autora

Quando as pessoas falam de Lúpus, veem uma doença monstruosa, que de fato é, mas muita gente não imagina que existem dois tipos de lúpus. Eu não sabia, ler comentários de pessoas que sofriam dessa doença e que, infelizmente, em alguns casos, evolui para algo pior.

Outro tema que abordei foi a ansiedade. Sofro desse mal e é horrível. meu coração acelera sem motivo todo o tempo. Às vezes estou lendo e, quando fecho o livro para comer alguma coisa, meu coração começa a dançar. Sério, é muito chato.

Enfim, espero que tenham gostado de ler tanto quanto eu gostei de escrever. Foi tão legal falar sobre uma mulher que está lá no topo, pois geralmente as protagonistas são as mocinhas em perigo, salvas por um homem musculoso — coisa que David não é — e rico.

Sinto-me mal quando dependo de alguém, então criei a Sarah. Embora romântica, ela não assume e, ao mesmo tempo, gosta da independência.